원서발췌
무명의 주드

고전 명작을 읽는 가장 쉬운 길,
'지식을만드는지식 원서발췌'

축약, 해설, 리라이팅이 아닙니다. 원전의 핵심 내용을 문장 그대로 가져옵니다. 작품의 오리지낼리티를 가감 없이 느낄 수 있습니다.
두껍고 읽기 어려워 책장을 덮어 버리곤 했던 고전을 발췌합니다. 해당 작품을 연구한 전문가가 작품의 정수를 가려 뽑아냅니다. 핵심만 읽기 때문에 더 빠르게 더 많은 고전을 읽을 수 있습니다. 제외된 부분은 중간중간 친절하게 요약 설명합니다. 풍부한 해설과 주석으로 전체 내용을 파악하는 데 무리가 없습니다. 정확한 번역, 적절한 윤문으로 10대에서 80대까지 누구나 쉽게 읽을 수 있습니다. 콤팩트한 사이즈와 분량이므로 간편하게 휴대할 수 있습니다. 수천 쪽의 고전을 발췌된 내용으로 읽고도 전체 의미를 파악할 수 있는 것이 지식을만드는지식 원서발췌의 매직입니다. 발췌율은 표지에 표시하고 발췌 방법은 일러두기에 상세히 밝힙니다.
고전 독자를 발췌 읽기에서 완역 읽기로, 더 나아가 원전 읽기로 안내합니다. 바쁜 현대인들에게 새로운 고전읽기 방법을 제시합니다.

원서발췌
무명의 주드

Jude the Obscure

토머스 하디(Thomas Hardy) 지음
장정희 옮김

대한민국, 서울, 지식을만드는지식, 2026

편집자 일러두기

- 이 책은 1978년 출간된 토머스 하디의 《Jude the Obscure》(Norton Critical Edition)를 원전으로 삼았습니다.
- 이 책은 전체 6부 중에서 각 부의 줄거리와 주제를 고려해서 중요한 부분을 발췌하고 번역한 것으로 원전의 약 3분의 1 분량입니다.
- 옮긴이는 독자가 전체 줄거리를 놓치지 않도록 중간중간 이야기를 요약해 고딕체로 표시했습니다.
- 본문 중 (…) 표시는 중략을 뜻합니다.
- 이 책의 주석은 모두 옮긴이가 붙인 것입니다.
- 외래어의 표기는 현행 한글어문규정의 외래어표기법을 따랐습니다.
- 이 책은 2008년 12월 15일 한정판 '고전천줄' 시리즈로 처음 출간했습니다. 2012년 10월 29일 표지를 바꿔 '천줄읽기' 시리즈로 다시 출간했다가 이번에 '원서발췌' 시리즈로 옮겨 출간합니다.

차례

무명의 주드

제1부
메리그린에서

선생이 마을을 떠나는 것을 모두 서운해하는 것 같았다. 크레스콤의 방앗간 주인은 20마일 정도 떨어진 도시의 새 거처까지 짐을 실어 나를 흰 차양이 달린 짐마차를 빌려주었다. 그 마차는 선생의 짐을 싣기에 충분한 크기였다. 학교 사택에는 일부 가재도구가 제공되었던 터라 선생의 이삿짐이라고는 책 꾸러미들과 작은 피아노뿐이었다. 그 피아노는 선생이 악기 연주를 배워보기로 마음먹었던 해에 경매에서 산 것이다. 그러나 선생의 그런 열의는 점차 식어서, 결국 어떤 연주도 익히지 못했고 피아노는 이사할 때마다 늘 골칫거리가 되고 말았다.

교구 목사는 변화를 싫어하는 사람이어서 이날은 자리를 비우고 없었다. 그는 새 선생이 도착해서 자리 잡고 모든 게 제대로 돌아갈 저녁까지는 돌아오지 않을 작정이었다.

대장장이와 농장 관리인, 선생은 거실의 피아노 앞에 당혹스러워하며 서 있었다. 선생은 그 물건을 짐마차에 싣는다 해도 크라이스트민스터에 도착하고 나서는 어떻게 처리해야 할지 고민이라고 말했다. 크라이스트민스터에 도착 후 얼마간 임시 숙소에서 머물 예정이었기 때문이다.

조심스럽게 이사를 돕던 열한 살 소년이 어른들 사이에 끼어들었다. 어른들이 이 문제로 턱을 문지르며 난감해하자, 소년은 자기 목소리조차 부끄러워하면서 말했다.

"저희 고모할머니 댁에 땔감 창고가 있는데 선생님께서 자리 잡으실 때까지 피아노를 거기에 맡겨두셔도 될 것 같아요."

"아주 좋은 생각인데." 대장장이가 말했다.

한 사람이 대표로 소년의 노처녀 고모할머니를 방문해서 필롯슨 선생이 찾으러 올 때까지 피아노를 맡겨도 좋을지 물어보기로 했다. 대장장이와 농장 관리인이 아이가 말한 창고가 피아노를 둘 만한 곳인지 살펴보러 떠나자 소년과 선생, 단둘만 남게 되었다.

"주드, 내가 떠나서 서운하니?" 선생이 소년에게 다정하게 물었다.

소년의 눈에 눈물이 고였다. 소년은 사실 선생이 교사 생활을 하면서 가깝게 지냈던 정규 학교의 주간 학생이 아니었다. 소년은 선생의 임기에만 열렸던 야간학교 학생이었다. 선생의 정규 주간 학생들은 마치 스승의 일에 무관심했던 역사 속의 제자들[1]처럼 멀찌감치 서 있었다. 이들은 자진해서 선생을 도우려 하지 않았다.

소년은 필롯슨 선생이 이별의 선물로 준 책을 어색하게 펴 들고서 서운하다고 대답했다.

"나도 서운해." 필롯슨 선생이 말했다.

"왜 이곳을 떠나시는 건가요, 선생님?" 소년이 물었다.

"아, 그건 말하자면 길단다. 주드, 넌 내가 떠나는 이유를 이해 못할 거야. 아마 네가 좀 더 크면 이해할 수 있겠지만."

"지금도 이해할 수 있는 걸요, 선생님."

"음… 이 말은 아무에게도 하지 마라. 너는 대학이나 학위가 무엇인지 알고 있니? 그건 가르치는 일에서 무언가를 이뤄내고 싶은 이에게 꼭 필요한 증명서란다. 내 계획, 즉 내 꿈은 대학을 졸업하고 성직에 임명되는 거란다. 크라이스트민스터나 그 근방에서 살면 바로 그 본거지에 있게 되는 셈이지. 그리고 가능하면 그곳에 사는 게 다른 곳

1) 성경 〈누가복음〉 23장 49절 : "예수를 아는 자들과 갈릴리로부터 따라온 여자들도 다 멀리 서서 이 일을 보니라"를 인용해서 필롯슨 선생을 돕지 않는 제자들을 표현했다. 하디는 기독교를 거부하고 급진주의 사상에 심취했으나 그의 작품 도처에서 성경을 인용한 구절들을 볼 수 있다.

에 사는 것보다 내 꿈을 이룰 기회를 얻는 데 더 좋을 거야."

대장장이와 농장 관리인이 돌아왔다. 폴리 고모할머니 댁의 땔감 창고는 습기가 없어서 꽤 쓸 만했는데 고모할머니도 기꺼이 피아노를 맡아주기로 하셨다. 그래서 피아노를 옮기는 데 필요한 일손을 더 구할 수 있는 저녁까지 피아노는 학교에 그냥 두기로 했다. 선생은 마지막으로 학교를 둘러보았다.

주드는 작은 짐 몇 개를 짐마차에 실었다. 필롯슨 선생은 9시에 마차에 올라 실어놓은 책 꾸러미와 다른 짐들 옆에 앉은 다음 친구들에게 작별인사를 했다.

"널 잊지 못할 거야, 주드."

짐마차가 막 움직이기 시작하자 선생이 미소를 지으며 말했다.

"착한 아이가 되렴. 동물이나 새들한테 친절하게 대하고, 될 수 있는 한 무슨 책이든 읽도록 해. 혹시 크라이스트민스터에 오거든 옛정을 생각해서 꼭 날 찾아와."

주드는 선생의 말을 마음속에 간직한다. 한편, 고모할머니는 주드가 부모에게 원치 않는 자식이었고, 폴리 가문은 결혼하지 말아야 한다고 동네 사람들에게 말하고 다닌다. 고모할머니는 또한 주드의 사촌인 수에 대해 이야기하면서 그녀도 주드처럼 책벌레라고 이야기한다. 주드는 밭에서 새 쫓는 일을 하는데 선생의 충고대로 새들을 불쌍히 여겨 곡식을 먹게 버려두다가 주인 농부로부터 매를 맞고 쫓겨난다. 주드는 이러한 비참한 현실로부터 자신을 벗어나게 해줄 탈출구로 크라이스트민스터를 꿈꾸기 시작한다.

언제나 소년은 차가운 백악기 고지대로 이루어진 단단한 장벽 너머, 북쪽의 그 멋진 도시를 바라보고 있었다. 그가 새 예루살렘이라고 비유하기도 한 그 장소는 비록 화가의 상상력이 차지한 부분이 더 많긴 하지만, 계시록 작가의 꿈보다는 다이아몬드 상인의 꿈에 더 가까웠다. 소년이 존경하는, 지성과 꿈을 가진 한 남자가 그보다 더 사려깊고 빛나는 지성을 가진 사람들 사이에서 살아가고 있다는 사실은 그 도시에 확실성과 영원성을 부여해 주었다.

우울한 장마철에 비가 내리자 소년은 크라이스트민스터에도 비가 내릴 거라고 생각했다. 하지만 그곳은 여기처럼 우울한 비가 내리지는 않을 거라고 생각했다. 흔한 일은 아니었지만 한두 시간 정도 마을을 벗어날 적마다 소년은 언덕 위의 갈색 집에 아무도 모르게 올라가 눈을 부릅뜨고 그 도시를 바라보았다. 때론 둥근 지붕이나 첨탑이 보였고 때론 아스라이 피어오르는 연기가 보였는데, 그것은 마치 신비한 종교의식의 향불 연기처럼 보였다.

그런데 날이 저물 무렵, 소년은 갈색 집으로 올라가거나 1~2마일 정도 더 걸어가면 그 도시의 야경을 볼 수 있겠다고 생각했다. 혼자 돌아오겠지만 야경을 보는 일을 포기할 수는 없으니 조금 용기를 내보자고 다짐했다.

그 계획은 제대로 실행되었다. 늘 도시를 바라보던 곳에 소년이 도착했을 때는 그리 늦은 시간은 아니었고 땅거미가 진 직후였다. 그러나 검은 북동쪽 하늘은 같은 방향에서 불어오는 바람 탓에 아주 캄캄해졌다. 그 도시를 볼 수는 있었지만, 소년이 기대했던 줄지어 늘어선 램프 불빛은 아니었다. 불빛은 전혀 보이지 않았고, 어두운 하늘을 배경으로 안개처럼 희미한 빛이 큰 아치 모양으로 도시를 덮고 있었다. 그래서 도시의 불빛은 마치 1~2마일 정도 떨어진 것처럼 보였다.

소년은 어른거리는 불빛 속에 선생님은 어디쯤 계실까 하고 생각해 보았다. 선생님은 메리그린 사람들과 연락을 하지 않았기 때문에 마을 사람들에게 그는 이제 죽은 사람이나 다름없었다. 그 불빛 속에서 소년은 필롯슨 선생님이 마치 느부갓네살 왕의 용광로 속을 걷는 사람 중 한 명처럼 유유히 산책하는 모습을 보는 것만 같았다.[2)]

소년은 애무하듯이 바람에게 말을 걸었다.

“한두 시간 전만 해도 넌 크라이스트민스터의 거리를 떠돌다가 풍향계를 돌리고, 필롯슨 선생님의 얼굴을 스치고, 선생님의 숨결 속에 스며들었겠지. 이제 여기서 넌 내 숨결이 되는구나.”

갑자기 바람결에 무엇인가 그에게 다가오고 있었다. 그곳에서 온 메시지였다. 그곳에 사는 누군가에게서 온 것이다. 그것은 분명 종소리였으며 희미하고도 음악적인 그 도시의 목소리로 “여기 우린 행복해!”라고 외치는 것 같았다.

소년은 상상의 날개를 펼치며 자신을 완전히 잊고 있다가 거칠게 외치는 소리에 비로소 정신이 들었다. 소년이 있는 언덕 끝에서 몇 야드 떨어진 곳에 한 떼의 말이 나타나더니, 가파른 내리막길의 맨 끝에서부터 거의 반 시간을 구불구불하게 난 길을 따라 올라오고 있었다. 말 등에는 모두 석탄 짐이 실려 있었는데, 이 특별한 길을 통해서만 고지대까지 석탄을 운반할 수 있었다. 말들 뒤로 마부와 남자 한 명, 사내아이 한 명이 올라오고 있었다. 사내아

2) 〈다니엘〉 3장 25절 : “네 사람이 불 가운데 걸어 다니나 상한 흔적이 없구나.”

이는 마차 바퀴 한 개에 박힌 커다란 돌멩이를 발로 차버리고 숨을 헐떡이는 말들이 쉴 수 있게 해주었다. 그동안 마부는 짐에서 큰 포도주 병을 꺼내 들이켰다.

그들은 다정한 목소리를 지닌 어른이었다. 주드는 그들에게 혹시 크라이스트민스터에서 오는 길인지 물어보았다.

"맙소사, 이 짐을 가지고는 어림도 없지."

"제가 말한 건 저쪽이에요." 주드는 그 장소에 너무 낭만적인 애착이 있어 그 이름을 말하면서 마치 사랑에 빠진 젊은 남자가 애인에게 말할 때처럼 낯을 붉혔다. 그 아이는 하늘에 비치는 불빛을 가리켜 보였으나 나이 든 그들의 눈에는 제대로 보이지 않는 불빛이었다.

"그래, 제대로 보이진 않는다만 북동쪽이 더 밝아 보이긴 하는구나. 내 눈으로는 알아보지도 못하겠다만 저기가 크라이스트민스터라는 건 확실해."

이때 어두워지기 전에 이곳에서 읽으려고 주드가 팔에 끼고 온 이야기책이 스르르 빠지면서 길바닥에 떨어졌다. 주드가 그 책을 집어 들고 책장들을 바로잡는 동안 마부는 그 모습을 유심히 바라보았다.

"이봐, 꼬마야, 네 머릴 다른 방향으로 바꾸기 전엔 저 사람들이 보는 책을 읽을 수 없을 거야." 그가 말했다.

"왜 그런데요?" 소년은 물었다.

"아, 그 사람들은 우리 같은 사람들이 이해할 수 있는 책은 절대 보질 않으니까." 마부는 심심풀이 삼아 계속해서 말했다. "그 사람들은 두 집안도 같은 언어를 쓰지 않았던 바벨탑[3] 시절의 이방 언어들로 쓰인 책만 본단다. 그 사람들은 마치 밤 매가 날아다니는 것처럼 재빨리 그런 것들을 읽어내지. 거기는 종교를 빼곤 학문, 오로지 학문뿐이지. 그들에겐 종교 역시 학문이야. 나는 결코 이해할 수 없지만 말이야. 그곳은 진지한 곳이지. 밤거리에 창녀들이 있는 걸 빼놓곤 말이야…. 너도 알다시피 그곳에선 마치 묘판에서 무를 키워내듯 성직자들을 키워내고 있어. 몰골스러운 풋내기를 저급한 육욕이 전혀 없는 근엄한 설교자로 바꾸는 데—이봐, 봅. 얼마나 걸리지?—그래, 5년이 걸리긴 하지만, 그 사람들은 해야 할 일이라고 생각하면 해내고야 말지. 그리고 숙련공처럼 풋내기를 갈고 닦아서 결국엔 긴 얼굴에, 성경에 나오는 것과 똑같은 긴 검

3) 성경 〈창세기〉에 나오는 탑. 바벨에 사는 노아의 후손들이 대홍수 후 하늘에 닿는 탑을 쌓기 시작했으나 여호와가 이에 노해 인간들의 언어를 나누었다. 인간들은 서로 말이 통하지 않아서 공사를 마치지 못했다고 한다.

정 코트와 조끼를 입고 성직자의 깃을 달고 모자를 쓰게 만들어 종종 친어머니조차 못 알아보게 하지…. 그 사람들이 하는 일이 바로 그거야. 다른 사람들이 노동하듯이 말이야."

"그런데 아저씨는 어떻게 그런 걸 아실 수…"

"자, 말하는 데 끼어들지 마. 어른들 말씀에 끼어드는 게 아니야. 봅, 앞쪽 말을 좀 비켜 세워. 누가 오고 있어…. 내가 그곳 대학에 대해 이야기하고 있다는 사실 명심해. 난 그곳 사람들을 존경하진 않지만, 그 사람들이 고상한 삶을 살아가고 있다는 사실은 부인할 수 없어. 우리 몸이 여기 고지대에 있듯이 그들의 정신은 높은 곳에 있어. 아주 고상한 정신을 지니고 있지. 그들 중 몇몇은 생각한 것을 크게 말하는 것만으로 큰돈을 벌 수 있단다. 거긴 건장한 젊은이들도 있는데 은잔에다 그만큼을 벌어들일 수 있지. 음악에 대해 말하자면, 크라이스트민스터 사방에 아름다운 음악이 쫙 울려 퍼지고 있단다. 신앙심을 가지고 있든 없든 상관없이 넌 그 음악을 네 소박한 음성으로 따라 부르지 않을 수 없을걸. 그곳에는 훌륭한 거리가 있는데 세상 어디에도 그런 곳은 또 없을 거야. 이만하면 내가 크라이스트민스터에 대해서 좀 안다고 할 수 있겠지!"

여기까지 이야기했을 때 말들이 숨을 고르고 진정되어

다시 마구가 채워졌다. 주드는 마지막으로 멀리 흐릿하게 보이는 후광에 동경의 시선을 던지고는 몸을 돌려 크라이스트민스터에 대해 너무나 잘 아는 그 마부 곁을 따라 걸었다. 그는 걸어가면서 그 도시에 대해 더 많은 이야기를 들려주었다. 도시의 탑들과 강당, 교회들에 대해 이야기해 주었다. 짐마차가 교차로로 접어들었을 때 주드는 마부에게 그 도시에 대해 이야기해 줘서 진심으로 고맙다는 인사를 한 후 자신도 그가 아는 것의 반만큼이라도 크라이스트민스터에 대해 이야기할 수 있으면 좋겠다고 말했다.

"나도 주워들은 거야." 마부가 자랑하는 기색 없이 대답했다. "너처럼 나도 거기 가본 적이 없어. 단지 여기저기서 얻어들은 거고 그걸 네가 재미있게 들은 거지. 나처럼 세상을 돌아다니면서 온갖 사람들과 섞이다 보면 여러 가지를 주워듣는단다. 내 친구 한 명이 한창때 크라이스트민스터에 있는 크로지어 호텔에 드나들며 구두닦이를 했는데, 말년에는 나와 거의 형제나 다름없는 사이가 되었지."

주드는 혼자 집으로 걸어가면서도 생각에 몰두한 나머지 무서움도 잊어버렸다. 자신이 갑자기 나이를 더 먹은 것 같았다. 소년은 자기의 희망을 걸고 애착을 느낄 그 무엇을 마음속에서 간절히 그려왔으며 위대한 어떤 장소를 간절히 갈구해 왔었다. 만일 그 도시에 갈 수만 있다면, 그 도시에는 그런 곳이 있지 않을까? 거기서는 농부들을 무서워할 필요도 없고 아무런 방해나 조소도 받지 않을 테고, 전해져 내려오는 옛 선인들의 이야기처럼 자신도 때를 기다렸다가 위대한 일을 할 수 있지 않을까? 소년은 어두운 길을 계속 걸어갔다. 조금 전 보았던 무리를 지은 불빛이 소년의 눈에 들어왔던 것처럼 그 도시는 소년의 정신적 불빛이 되었다.

"그곳은 빛의 도시야." 소년은 중얼거렸다.

"지식의 나무가 자라는 곳." 소년은 몇 걸음 더 나아가면서 덧붙였다.

"그곳은 스승이 나는 곳이고 또 스승이 모이는 곳이야."

"그곳은 학문과 종교로 이루어진 성이라 할 수 있어."

소년은 이런 생각을 하다가 오랫동안 침묵을 지킨 후 덧붙여 말했다.

"바로 내게 맞는 곳일 거야."

이후 주드는 3년 동안 고모할머니의 빵 가게 일을 도우며 온갖 노력으로 라틴어와 그리스어를 익힌다. 그는 크라이스트민스터의 꿈을 품고 건축을 배우는 수습 석공으로 일하기 시작한다. 어느 날 주드가 미래에 대한 생각에 몰두한 채 집으로 돌아오는데 어디선가 수퇘지의 성기가 날아와 뺨을 친다. 그것은 돼지치기의 딸 아라벨라가 던진 것이다. 아라벨라는 주드에게 일요일에 만나자고 말하고, 주드는 그리스어 성경 공부를 하는 대신 그녀와의 데이트를 즐긴다.

아라벨라가 작은 소리로 키득거리며 웃었다.

"우리가 연인 사인가요?" 주드가 물었다.

"당신이 더 잘 알잖아요."

"그렇지만 당신이 말해줄 수도 있잖아요?"

대답으로 그녀가 그의 어깨에 머리를 기댔다. 주드는 그녀의 몸짓에 담긴 뜻을 눈치 채고 그녀의 허리에 팔을 두르고 끌어당겨 키스했다.

그들은 이제 더는 팔짱을 끼고 걷지 않았다. 대신 그녀가 바라던 대로 서로 꽉 껴안은 채로 걸었다. 주드는 어두워진 뒤이니 무슨 상관이냐고 중얼거렸다. 긴 언덕길을 절반쯤 올라갔을 때 둘은 자세를 바로잡으려고 멈췄고 주드는 다시 그녀에게 키스했다. 꼭대기에 도착했을 때 그는 다시 한 번 그녀에게 키스했다.

"원하시면 팔을 계속 두르고 있어도 돼요." 그녀가 부드럽게 속삭였다.

그는 그녀가 참 믿을 만한 사람이라고 생각하면서 시키는 대로 했다.

그런 자세로 그들은 천천히 그녀의 집 쪽으로 향했다. 그는 5시 반까지는 집으로 돌아가 다시 신약을 읽기로 작정하며 3시 반에 집을 떠났었다. 그러나 그녀와 다시 한 번 포옹하며 그녀를 집까지 데려다 주려고 서 있는 지금은 9시였다.

그녀는 그에게 잠깐 안으로 들어오라고 했다. 그렇지 않으면 그녀가 늦은 밤에 혼자 돌아다닌 게 되니까 식구들이 아주 이상하게 생각할 것이라고 말했다. 그는 그녀의 청에 따라 안으로 들어갔다. 문이 열리자 그녀의 양친과 몇몇 이웃 사람들이 둘러앉아 있는 게 보였다. 그들은 모두 축하하듯이 말했고 진지하게 그를 아라벨라의 결혼상대로 받아들였다.

그사람들은 주드 자신이 평소 어울리는 무리와는 다른 부류여서 주드는 어색하고 당황했다. 그에겐 이럴 의도는 없었다. 단지 아라벨라와 유쾌하게 오후 산책을 즐기려던 것뿐이었다. 그래서 그는 아무런 특징 없는 외모에 단순하고 조용한 아라벨라의 계모에게 몇 마디를 건네고는 그들 모두에게 작별인사를 한 다음, 안도감을 느끼며 곧바로 내리막길을 뛰어 내려갔다.

그러나 그 안도감은 잠시뿐이었다. 아라벨라가 곧 그의 마음을 사로잡았다. 그는 마치 어제의 자신이 아닌 다른 사람이 되어버린 느낌이었다. 책이 그에게 대체 무엇이란 말인가? 매일 한순간도 허비하지 않고 지금까지 그렇게 집착해 온 그의 계획들이 도대체 뭐란 말인가? "다 쓸데없는 짓이지!" 그걸 어떻게 정의하는가의 문제는 관점에 따라 달랐다. 그는 처음으로 삶을 허비하지 않고 사는 셈이었다. 대학원생이나 목사, 심지어 교황이 되는 것보다 한 여인을 사랑하는 것이 더 나았다….

아라벨라의 유혹에 넘어가 결국 주드는 그녀와 육체관계를 맺게 된다. 석 달 후, 어느 날 밤 주드는 이제 만남을 정리하고 크라이스트민스터로 떠날 예정이라고 그녀에게 이야기한다. 아라벨라는 임신했다고 울면서 말하고, 주드는 결국 자기 꿈을 포기하고 내키지 않는 결혼을 하게 된다.

갓 결혼한 이들의 미래는 아주 낙천적인 사람들에게조차도 그다지 밝아 보이지 않았다. 그는 석수의 도제로서 열아홉 살밖에 되지 않았으며, 도제 기간에는 봉급의 반만 받고 일하고 있었다. 처음엔 읍에 있는 그의 숙소에서 아내와 함께 거주할 예정이었으나 그곳에서는 아내가 할 일이 없었다. 조금이라도 수입을 늘려야 할 절박한 사정 때문에 그는 갈색 집과 메리그린 사이의 길가에 있는 외딴 오두막을 구했다. 거기에서라면 채소밭을 가꿀 수도 있고 아라벨라의 경험을 살려 돼지도 기를 수 있을 것이다. 그러나 이런 생활은 그가 원했던 생활이 아니었고 매일 알프레드스턴까지 걸어 다니기엔 너무 멀었다. 그러나 아라벨라는 이 모든 임시적 방편들이 당분간일 거라고 생각했다. 그녀는 남편을 얻은 것이다. 그게 중요했다. 남편이 좀 더 정신을 차려서 열심히 일하고, 바보 같은 책들을 포기하고 실질적인 일에만 매달리게 되면 나중에는 자신에게 옷과 모자들을 사줄 수 있게 되리라 생각했다.

결혼 첫날밤, 그는 고모할머니 댁의 자기 방, 힘들게 그리스어와 라틴어를 열심히 공부했던 그곳을 떠나 그녀를 데리고 오두막으로 갔다.

처음으로 아라벨라가 옷 벗는 모습을 본 그는 조금 오싹해졌다. 아라벨라는 머리 뒤통수에 풍성하게 틀어 올리고 있던 긴 머리 타래를 조심스럽게 끌러 손질하고 나서, 주드가 그녀에게 사준 화장대 위에 올려놓았다.

"아니, 당신 머리가 아니었단 말이야?"

그는 갑자기 혐오감을 느끼며 그녀에게 말했다.

"네, 내 머리가 아니에요. 상류층 사람들은 모두 이런 걸 써요!"

"말도 안 되는 소리! 도시에선 그렇겠지. 그렇지만 시골에선 달라. 게다가 당신은 당신 머리로도 충분하지 않아?"

"네, 시골 사람들 생각에는 내 머리칼만으로도 충분하죠. 그렇지만 도시에선 남자들이 더 풍성한 머리를 원해요. 내가 올드브리컴에서 술집 여급으로 일할 땐—"

"올드브리컴에서 술집 여급?"

"정확히 말하자면 여급은 아니었어요. 거기 있는 선술집에서 맥주를 뽑아내는 일을 했어요. 그것도 아주 잠깐. 그것뿐이에요. 어떤 사람들이 나한테 이 가발을 써보라고 하기에 그냥 재미로 산 거예요. 올드브리컴에서는 돈이 많으면 많을수록 지내기가 더 좋아요. 거긴 당신의 그 크라이스트민스터보다 훨씬 더 좋은 도시예요. 어느 정도 지위가 있는 여자들은 다 가발을 쓴다고 이발소의 조수가 일러줬어요."

주드는 역겨움을 느꼈다. 아라벨라의 말이 어느 정도까지는 사실일 수도 있지만, 그가 알기에는 도시에서도 수년 동안 순박함과 아름다움을 잃지 않고 지내는 순진한 여자들도 꽤 많았다. 서글프게도 어떤 여자들에게는 태어날 때부터 핏속에 인위적인 치장을 향한 본능이 있어서, 그걸 처음 잠깐 보기만 해도 곧 따라 하는 데 익숙해지는 것이다. 그렇지만 여자가 머리를 더 붙이는 게 큰 죄는 아니라고 생각해서 이 일에 대해서는 신경을 쓰지 않기로 했다.

(…)

자기가 일으킨 소란이 근거 없는 것이라는 사실은 자연히 드러나게 되어 있었다. 그래서 이제 이를 고백해야 할 시간이 다가오자 아라벨라는 점점 초조해지기 시작했다. 그 시간은 어느 날 저녁 잠자리에 들 때 찾아왔다. 둘은 길 옆 외딴 오두막의 방에 있었다. 주드는 매일 일이 끝나면 이 길가 외딴 오두막으로 돌아왔다. 그는 열두 시간을 고되게 일한 터라 지쳐서 아내가 들어오기 전에 먼저 침대에 누웠다. 그녀가 방으로 들어왔을 때 그는 비몽사몽 상태여서 작은 거울 앞에서 그녀가 옷을 벗고 있는 걸 겨우 알아차리고 있었다.

그러나 다음 순간 그녀가 하는 동작에 잠이 완전히 달아나버렸다. 화장대 앞에 앉은 그녀의 얼굴이 거울을 통해 그에게 보였는데, 아라벨라는 양 볼에 인위적으로 보조개를 만들어보면서 혼자 즐기고 있었다. 그녀는 순간적으로 뺨을 빨아들이는 기묘한 재주로 보조개를 만들었다. 그제야 그는 그녀와 사귀기 시작한 처음 몇 주 동안에 비해 아라벨라의 얼굴에서 보조개가 자주 사라진다는 사실을 알아차렸다.

"그런 짓 하지 마, 아라벨라!" 그가 갑자기 말을 걸었다. "그런 짓을 한다고 해가 될 건 없지만, 그런 짓 보기 싫어."

그녀는 고개를 돌리고 웃었다. "어머, 당신이 깨어 있는 줄 몰랐어요!" 그녀가 말했다. "당신 너무 촌스러워요. 이런 건 아무것도 아닌데."

"어디서 그런 걸 배웠지?"

"아무 데서도 안 배웠어요. 내가 선술집에 있을 땐 힘들이지 않고도 보조개가 그대로 남아 있었는데. 지금은 잘 되지 않아요. 내 얼굴이 그때는 더 통통했어요."

"난 보조개에 관심 없어. 보조개가 있다고 여자가 더 예쁘게 보인다고 생각하지 않아. 특히 유부녀나 당신같이 풍만한 여자는."

"대부분의 남자는 그렇게 생각하지 않아요."

"다른 남자들이 어떻게 생각하든 난 상관 안 해. 다른 남자들 생각을 당신이 어떻게 알지?"

"내가 술집에서 일할 때 그런 소릴 들었어요."

"아, 술집에서 일한 경험으로, 결혼하기 전 일요일 저녁에 술집에서 맥주를 마실 때, 맥주에 뭐가 섞인 것도 알아맞혔구먼. 난 결혼할 때 당신이 내내 당신 아버지 집에서

만 살았을 거라고 생각했어."

"당신은 나에 대해 좀 더 알았어야 했어요. 내가 태어난 곳에서 내내 살아온 것치고는 너무 세련됐다는 걸 좀 알아챘어야지요. 집에선 하릴없이 놀고먹기만 해서 한 3개월 정도 나가서 살았어요."

"이제 당신은 할 일이 아주 많아질 거야. 안 그래, 여보?"

"무슨 말이에요?"

"아, 당연히 아기를 위해 자그마한 것들을 만들어야겠지."

"아."

"언제야? 늘 하던 식으로 막연하게 말하지 말고 좀 더 정확하게 말해줄 수 없어?"

"말해달라고요?"

"그래. 출산 예정일 말이야."

"말할 게 없어요. 내가 잘못 알았거든요."

"뭐라고?"

"그건 착오였어요."

그는 침대에서 벌떡 일어나 앉아 그녀를 쳐다보았다. "어떻게 그럴 수가 있어?"

"여자들이 착각하는 때도 있어요."

"그렇지만! 그땐 난 아무 준비도 되어 있지 않았어. 가구 하나 없이, 돈 한 푼 없이 준비가 되기도 전에 우리 결혼을 서두르고 당신을 이런 가구도 제대로 안 갖춘 오막살이로 데려올 수밖에 없었단 말이야. 당신이 내게 알린 그 임신 소식만 아니었다면—당신이 내게 한 그 말 때문에 준비도 안 된 난 당신을 위해서…. 하나님 맙소사."

"흥분하지 마세요. 이제 엎질러진 물이에요."

"난 더는 할 말이 없어!"

그는 짤막하게 대답하고 드러누웠다. 그들 사이에 침묵이 흘렀다.

결혼 생활에서 주드는 아라벨라와 자신이 맞지 않음을 점점 느끼게 되고, 아라벨라는 주드가 꿈을 포기하고 현실적으로 돈을 버는 일에 몰두하기를 바란다. 두 사람은 돼지 잡는 사람이 오지 않아 직접 돼지를 잡게 되는데 그 과정에서 두 사람의 성격 차이가 표면적으로 드러난다. 아라벨라는 거침없고 현실적이지만 주드는 돼지에게 지나친 연민의 정을 내보인다.

다음 날 아침은 일요일이었고 그녀는 10시경 전날 하던 작업을 다시 시작했다. 일을 시작하자 전날 밤 이 일을 하면서 나눴던 대화가 떠올라 다시 고집스러운 기분이 되었다.

"메리그린에서는 내가 당신을 덫에 걸리게 해서 결혼했다고 한다지요? 참, 내가 하늘이 보내신 대단한 신랑감을 잡아챘군요!" 다른 때 같으면 결코 그런 곳에 놓여 있지 않았을 주드의 소중한 고전 몇 권이 탁자 위에 놓인 것을 보자 아라벨라는 더 화가 났다.

"일하는 데 거추장스럽게 왜 이놈의 책들을 여기 뒀어!" 그녀는 짜증이 나서 외쳤다. 그리고는 그 책들을 하나씩 마룻바닥에 집어 던지기 시작했다.

"내 책들 그대로 둬!" 그가 말했다. "당신이 원한다면 책을 던져도 좋아. 그렇지만 그렇게 책을 더럽히는 건 구역질 나!"

돼지기름을 만들던 중이라 아라벨라의 손은 뜨거운 기름으로 더러웠고 책 표지 위에 아주 뚜렷하게 손자국이 생겼다. 그녀는 일부러 책 몇 권을 더 심하게 마룻바닥에 내동댕이쳤고 주드는 견딜 수 없을 정도로 화가 나 더는 던지지 못하게 그녀의 팔을 붙잡았다. 그 바람에 고정해 놓은 그녀의 머리채가 풀어지면서 귓가까지 흘러내렸다.

"이거 놔." 그녀가 말했다.

"책엔 손 안 댄다고 약속해."

그녀는 머뭇거렸다.

"이거 놔!" 그녀가 되풀이해서 외쳤다.

"약속해!"

잠시 후 그녀가 말했다.

"약속해요."

주드는 잡았던 팔을 놓아주었고 그녀는 굳은 표정으로 방을 가로질러 문밖으로 나가 큰길까지 갔다. 거기서 그녀는 헝클어진 머리를 심술궂게 더 엉망으로 헝클어뜨리고 옷 단추 몇 개를 풀어 헤치더니 어슬렁거렸다. 날씨는 건조하고 맑았으며 서리가 내린 청명한 일요일 아침이었다. 알프레드스턴의 교회 종소리가 북쪽에서 불어오는 미풍에 실려 왔다. 옷을 차려입은 연인들이 지나가고 있었다. 몇 달 전만 해도 주드와 아라벨라는 그 연인들처럼 즐겁게 이 길을 걸었었다. 행인들은 돌아서서 그녀가 연출한 기이한 모습을 쳐다보았다. 모자도 없이 헝클어진 그녀의 머리는 바람에 휘날리고, 옷은 풀어 헤쳐져 있었으며, 소매는 일할 때처럼 팔꿈치 위까지 걷어붙였고 손은 녹은 돼지기름으로 번들거렸다. 지나가던 사람 중 하나가 짐짓 겁먹은 척하며 조롱조로 말했다. "주여, 저희를 구원해 주시옵소서!"

"그놈이 날 어떻게 했는지 보세요!" 그녀가 소리쳤다.

"교회도 못 가도록 주일 아침마다 나에게 일을 시키고 내 머리채를 쥐어뜯고 내 옷까지 벗긴답니다!"

주드는 몹시 화가 나서 그녀를 끌고 들어오려고 했다. 그러나 다음 순간 그는 갑자기 화가 가라앉았다. 그들 사이는 이제 끝났고 그녀가 뭘 하든지 자신이 뭘 하든지 아무 상관도 없다는 생각이 들었다. 그래서 그녀를 쳐다보며 가만히 서 있었다. 이제 그들의 삶은 망가졌다고 그는 생각했다. 둘이 결혼을 한 것부터가 근본적인 잘못이었다. 즉, 평생 친하게 교류할 수 있는 친화력과는 아무런 관계도 없는, 순간적인 감정을 기반으로 영원히 지속되는 계약을 맺은 잘못 때문에 망한 것이었다.

"당신 아버지가 어머닐 학대하고, 당신 고모가 고모부를 학대했듯이 날 학대할 작정이지?" 그녀가 물었다. "당신네는 모두 남편이나 아내 역할에 맞지 않는 이상한 족속들이야!"

주드는 충격을 받고 그녀를 뚫어지게 쏘아보았다. 그러나 그녀는 더는 말하지 않았고 지칠 때까지 주위를 배회했다. 그는 그 자리를 떠나 막연하게 이리저리 방황하다가 메리그린 방향으로 걸어갔다. 그는 메리그린에서 나날이 쇠약해져 가는 고모할머니를 찾아갔다.

"고모할머니, 제 아버지가 어머닐 학대했고 고모는 고

모부를 학대하셨나요?" 주드는 난로불 가에 앉아 있다가 불쑥 말을 꺼냈다.

고모할머니는 늘 쓰는 낡은 모자 아래서 노안을 치켜떴다. "누가 네게 그런 이야기를 했지?" 그녀가 물었다.

"그런 이야길 들었으니 모든 걸 알고 싶어요."

"내 생각에도 네가 알아두는 게 나을 성싶구나. 네 아내가—그 애가 그런 말을 했겠지—그런 이야길 꺼낸 건 바보 같은 짓이지만! 사실 할 이야기도 별로 없단다. 네 부모는 사이가 좋지 않아서 헤어졌어. 네가 어릴 때 둘이 알프레드스턴 시장에서 집에 오는 길에 갈색 집 헛간 옆 언덕에서 마지막으로 다투고 영영 헤어졌단다. 네 엄마는 곧 죽었어. 한마디로 말하자면 투신자살했고 네 아버진 널 데리고 남부 웨섹스로 갔는데 다신 여기로 돌아오지 못했지."

주드는 아버지가 죽는 날까지 북부 웨섹스와 자신의 어머니에 대해 한 번도 말을 꺼내지 않고 침묵을 지켰던 게 생각이 났다.

"네 고모도 마찬가지였다. 고모부가 고모 기분을 상하게 했고 고모는 같이 사는 게 너무 싫어서 나중에 어린 하녀를 데리고 런던으로 가버렸어. 폴리 가문 사람들은 결혼 생활이 맞지 않아. 결혼은 결코 우리에게 어울리지 않는 것 같았어. 우리 피에는 의무적으로 뭘 해야 하는 걸 천성적으로 싫어하는 뭔가가 있어. 의무적이 아니라면 쉽게 해낼 수 있는 일도 말이야. 그래서 넌 내 말을 듣고 결혼하지 말아야 했어."

(…)

그날 저녁 땅거미가 내리자 주드는 집으로 가려는 것처럼 고모할머니 댁을 나왔다. 그러나 그는 경사진 초원에 이르자마자 커다란 호수에 다다를 때까지 힘껏 달렸다. 추운 날씨는 아니었지만 서리가 계속 내렸고 머리 위로 큰 별들이 천천히 떠올라서 반짝였다. 그는 한쪽 발을 얼음장 가장자리에 올려놓고 나머지 발도 천천히 올려놓았다. 발밑의 얼음판이 으스러지는 소리가 났지만 그는 단념하지 않고 호수 한가운데로 곧장 걸어갔다. 걸을 때마다 얼음이 갈라지는 소리가 났다. 호수 가운데쯤 이르렀을 때 그는 주변을 돌아보고 펄쩍 뛰었다. 얼음이 쫙쫙 계속 갈라졌지만 그의 몸이 빠지지는 않았다. 그래서 다시 뛰었지만 얼음은 더는 갈라지지 않았다. 주드는 호수 가장자리로 다시 돌아와 땅을 밟았다.

참 이상한 일이라는 생각이 들었다. 자신에게 어떤 운명이 주어진 걸까? 그는 자신이 자살할 정도로 충분히 고귀한 인간은 아니라는 생각이 들었다. 평화스러운 죽음은 그가 혐오스러웠던지 그를 데려가지 않았다.

주드는 자살에 실패하고 나서 혼자 술을 마시고 돌아오지만 아라벨라는 쪽지를 남기고 없다. 결국, 아라벨라는 부모와 함께 호주로 가버리고, 주드는 나중에 중고 물건을 파는 곳에서 자신이 그녀에게 결혼 선물로 주었던 자기 사진을 넣은 액자를 발견한다.

그는 아내에게 모든 애정이 완전히 식어버렸다는 것을 더욱 뼈저리게 느꼈다. 아마 우연히 발견한 증거, 자신이 준 선물인 액자를 그녀가 팔아치웠다는 침묵의 증거 때문이었으리라. 결론적으로 이는 자신의 모든 감정이 깡그리 없어지는 작은 계기가 되었다. 그는 1실링을 내고 액자를 샀고 숙소에 도착해서 액자와 사진을 모조리 태워버렸다. 이삼 일 후 그는 아라벨라와 그녀의 부모가 떠났다는 소식을 들었다. 그는 정식 작별인사라도 하려고 만나자고 했지만, 그녀는 떠날 준비에 바빠서 만나지 않는 편이 좋겠다고 했다. 그건 사실이었다. 그들이 떠난 다음 날 저녁, 그는 하루 일과가 끝나자 저녁을 먹고 밖으로 나왔다. 그는 별빛을 받으며 고지로 향하는 너무도 익숙한 길을 따라 걸었다. 그곳은 자신의 삶에서 큰 감동을 경험한 곳이었다. 그의 삶은 다시 그의 것이 된 것 같았다.

그는 자신을 알 수 없었다. 그는 자신이 다녔던 옛길 위에서 여전히 소년인 것만 같았다. 그 언덕 꼭대기에서 처음으로 크라이스트민스터와 학문에 대한 열정을 불태우며 꿈꾸던 시절보다 단 하루도 더 나이를 먹지 않은 것만 같았다. "그러나 난 지금 어른이야!" 그는 자신에게 말했다. "난 아내도 있지. 더구나 그녀와 잘 맞지 않아서 그녀를 미워하다가 난투극을 벌인 뒤 헤어진 경험도 있는 원숙한 단계에 달하지 않았나."

그는 이때 자신의 부모가 헤어졌다던 장소에서 멀지 않은 곳에 서 있다는 것을 깨달았다.

좀 더 올라가면 언덕 꼭대기였고 그곳은 크라이스트민스터, 아니 크라이스트민스터라고 착각했던 곳을 보았던 곳이었다. 예전과 다름없이 이정표가 그 언덕 가까이 바로 길 옆에 서 있었다. 주드는 가까이 다가가 그 도시까지의 거리가 표시된 글자를 읽는다기보다 느끼고 있었다. 그는 언젠가 집에 돌아오는 길에 이정표 뒷면에 날카로운 새 끌로 자신의 열망을 구체적인 글자로 새겼던 일이 떠올랐다. 그는 도제를 시작한 첫 주에 그 글자들을 새겼고, 그때는 어울리지도 않는 여자 때문에 자신이 지닌 목표에서 벗어나기 이전이었다. 그는 새겨놓은 글자들을 아직도 읽을 수 있을지 궁금했고 이정표의 뒤로 가서 쐐기풀을 걷어

냈다. 성냥불 빛으로 비추니 그렇게 오래전에 열정에 들떠 새겼던 글자들을 여전히 알아볼 수 있었다.

저곳을 향해 ▷

J. F.

잡풀들이 가려져 있었지만 손상되지 않고 그대로 있는 그 글자들을 보자 그의 마음속에는 이전에 간직했던 오래된 불꽃들이 다시 솟아올랐다. 세상에서 추한 면을 경험한 지금 끔찍한 슬픔을 피할 필요가 있을까? 확실히 그의 계획은 어려움에 개의치 않고 앞으로 나아가는 것이었다. "bene agere et laetari(올바르게 행하고 스스로 즐긴다)." 이것이 스피노자의 철학이라고 들었는데 이 말은 이제 그의 좌우명이 될 것이다.

그는 자신의 불운과 싸워서 본래의 목표를 꼭 이뤄내고야 말 것이었다. 조금 더 걸어가자 북동쪽의 지평선이 보였다. 그 빛이 그곳에 있다고 믿는 눈이 아니면 거의 알아볼 수 없을 희미한 원광이 작고 흐릿하게 보였다. 하지만, 그는 그 빛으로도 충분했다. 그는 도제 기간이 끝나면 크라이스트민스터로 가기로 마음먹었다.

그는 한결 나은 기분으로 숙소로 돌아와 기도를 드렸

다.

제2부
크라이스트민스터에서

아라벨라와 헤어지고 나서 3년이 지나 주드는 크라이스트민스터로 가게 된다. 주드는 사색에 잠긴 진지한 청년이 되었고 크라이스트민스터에 도착해서 밤중에 대학 거리를 거닐며 자신의 꿈에 심취한다.

수일 동안 그는 자주 대학의 회랑과 구내를 돌아다녔는데, 그럴 때면 자신의 발걸음 소리가 망치로 두들기듯 날카롭게 울려 작은 요괴 같은 메아리를 만드는 데 스스로 놀라곤 했다. 소위 말하는 크라이스트민스터의 '정취'가 점점 더 그의 가슴속 깊이 스며들었다. 그래서 어쩌면 그는 대학에서 공부하는 사람들보다도 그 건물들의 재료나 예술성, 역사에 대해 더 잘 알게 되었다.

열정의 대상이었던 장소에 직접 오고 나서야 주드는 동경했던 대상이 그의 삶과 얼마나 동떨어져 있는가를 깨달을 수 있었다. 정신적 삶을 일상적으로 살아가는 동시대의 행복한 젊은이들, 아침부터 저녁까지 읽고 쓰고 배우고 내면으로 학문을 흡수하는 일이 전부인 그들과 주드를 갈라놓는 것은 단지 벽 하나뿐이었다. 벽 하나뿐이라고 하지만, 그것은 얼마나 견고한가!

주드는 일거리를 찾는 매일 매시간, 젊은이들이 오가는 것을 보았다. 그는 그들과 어깨를 부딪치기도 했으며 그들의 목소리를 듣고, 그들의 행동을 유심히 보았다. 그들 중 진지한 몇몇 대화를 듣고 종종 자신의 생각과 유사함을 느끼기도 했다. 이곳에 오려고 오랫동안 계속 공부했기 때문이었다. 그러나 그는 그들과 정반대 지점에 서 있었다. 그럴 수밖에 없었다. 그는 작업복의 주름 사이사이에 돌가루를 묻힌 젊은 석공일 뿐이었다. 그래서 주드가 그들 곁을 지나다녀도 그들은 그를 보지도 듣지도 않았으며, 마치 그가 유리판이라도 되는 듯 그의 뒤에 오는 친구만을 보았다. 그 학생들에게 주드는 눈에 보이지 않는 존재였다. 그런데도 주드는 이 도시에 오기만 하면 학생들의 삶을 누릴 수 있다고 믿었다.

그럼에도, 그는 미래가 펼쳐져 있으므로 운이 좋아서 좋은 일자리를 구할 수 있다면 주어진 운명도 참고 견디리라 생각했다. 그래서 그는 자신에게 건강과 힘이 있다는 사실을 하나님께 감사했고 용기를 얻었다. 그는 현재로서는 대학을 포함해 모든 것의 문밖에 서 있었다. 언젠가 자신도 그 안에 들어가리라. 그 빛과 선도자들의 궁전 안으로 들어가 언젠가는 그곳의 유리창 너머로 세상을 바라볼 수 있으리라.

그는 석공 일을 구한다. 낮에는 일하고 밤에는 그리스어 공부에 몰두하는 생활을 하며 고모할머니에게 얻은 사촌 수의 사진을 보고 힘을 얻는다. 그는 수가 성물 가게에서 도안하는 모습을 본다. 그 후 주드에게 수는 다분히 이상적이고 신비스러운 존재가 된다. 그녀는 주드에게 아라벨라와는 다른 천상의 존재 같은 느낌을 준다. 성당에서 다시 수를 보지만 주드 자신이 기혼자라는 게 마음에 걸려 여전히 멀리서 바라보기만 한다. 그러나 수는 주드가 생각하듯이 종교적인 인물이 아니었다. 그녀는 벌거벗은 이교도 신의 조상 두 개를 사서 신앙심 깊은 주인에게 들키지 않게 몰래 방에 감춰두기도 한다. 주드는 수를 우연하게 자주 맞닥뜨리게 되자 이제 자신의 존재를 알려야겠다고 생각하면서도 주저한다. 결국, 수가 먼저 주드의 일터로 찾아오나 그가 마침 자리를 비운 때였다. 그녀는 주드에게 편지를 남긴다.

수의 편지는 아주 소박하고 자연스러웠다. 그녀는 그를 '친애하는 사촌 오빠 주드'라고 불렀다. 그녀는 우연한 기회에 그가 크라이스트민스터에 살고 있다는 걸 알게 되었으며 왜 여태 자신에게 연락하지 않았느냐고 나무라고 있었다. 이곳에서 그녀는 정말 혼자나 다름없고 마음에 맞는 친구가 없기에 서로 알고 지냈더라면 함께 즐겁게 지낼 수 있었을 거라고 했다. 그러나 그녀는 곧 여기를 떠날 예정이기 때문에 친분을 나눌 기회는 영원히 사라진 것 같다고 적혀 있었다.

그녀가 떠난다는 소식에 주드의 온몸에 식은땀이 흘렀다. 그가 생각하지도 못했던 돌발적인 상황이라서 그는 곧장 그녀에게 답장을 썼다. 그는 바로 그날 저녁, 편지를 쓴 시간으로부터 한 시간 뒤에, 순교 유적지를 기념하는 표지로 보도 위에 세워져 있는 십자가 곁에서 만나자고 적었다.

그는 급하게 그 쪽지를 한 아이를 시켜 수에게 보낸 다음, 너무 서두른 나머지 그녀를 방문하겠다고 쓰지 않고 급히 바깥에서 만나자고 한 걸 후회했다. 사실 거리에서 만나는 것이 시골에서는 일반적이었기 때문에 다른 방식이 있다는 것은 생각하지도 못했다. 불행하게도 아라벨라를 처음 만난 것도 집 밖에서였는데, 수같이 사랑스러운 처녀를 그런 식으로 만난다는 건 고상한 일이 아닌 것 같았다. 그러나 이제는 어쩔 수 없었기에 약속 시간 몇 분 전에, 막 밝혀진 가로등의 깜박이는 불빛을 받으며 약속 장소로 향했다. 늦은 시각이 아니었지만, 큰길은 조용했고 행인도 거의 없었다. 저편에 사람의 형체가 보였는데 바로 수였다. 그들은 동시에 십자가 표지를 향해 다가갔다. 둘 다 표지에 이르기도 전에 그녀가 큰 소리로 외쳤다.

"난생처음으로 만나는 오빠인데 거기서 보고 싶지 않아요. 좀 더 이쪽으로 오세요."

그 목소리는 분명하고 맑았지만 떨리고 있었다. 그들은 같은 방향으로 나란히 걸었다. 주드는 그녀가 마음에 드는 지점에서 가까이 오라는 신호를 보낼 때까지 그녀를 바라보았다. 그녀가 멈춰선 곳은 낮에는 짐마차들이 서는 곳이었는데 이때는 한 대도 없었다.

"내가 방문하겠다고 해야 했는데 이런 데서 만나자고 해서 미안해."

주드는 마치 연인에게 하듯이 수줍게 말했다. "하지만 어차피 산책할 거라면 이렇게 하는 편이 시간을 아낄 수 있을 것 같아서 말이야."

"아, 괜찮아요." 그녀가 친구 사이처럼 편하게 말했다. "사실은 초대할 곳도 마땅치 않았으니까요. 제가 좀 전에 그랬던 건 오빠가 선택한 그 장소가 무서워서였어요. 무서운 곳이라고 말해선 안 되지만 저는 그 장소가 왠지 음울하고 불길한 걸 연상시킨다고 생각해요. 전 아직 오빠를 잘 알지도 못하는데 이렇게 시작하는 게 재미있지 않나요?"

그녀는 호기심에 찬 눈으로 주드를 아래위로 살펴보았지만 주드는 그녀를 제대로 바라보지 못했다.

"제가 오빠를 아는 것보다 오빠가 저에 대해서 더 잘 아는 것 같아요." 그녀가 덧붙였다.

"그래, 난 가끔 널 봤어."

"그럼 제가 누군지 알았을 텐데 왜 말도 안 걸었어요? 전 이제 떠나야 하는데!"

"그래, 불행한 일이야. 난 친구가 거의 없어. 여기 어딘가에 진짜 오랜 지인 한 분이 있지만, 아직 찾아가고 싶지 않아. 그분에 대해 알고 있는지 궁금해. 필롯슨 선생님이라고, 이 지역 어딘가에 목사로 계실 텐데."

"아뇨, 필롯슨 씨란 분을 한 분 알고 있긴 한데 그분은 여기서 좀 벗어난 럼스던에 사세요. 거기서 학교 선생님으로 계세요."

"아, 같은 분일지도 모르겠군. 그럴 리는 없을 텐데. 아직 학교 선생이라니! 그분 세례명이 리처드인가?"

"네, 맞아요. 리처드라고 하셨어요. 그분을 만나 뵌 적은 없지만, 제가 책을 보내드린 적이 있어요."

"그렇다면, 선생님께서는 꿈을 이루지 못하셨구나!"

주드의 얼굴이 어두워졌다. 위대한 필롯슨 선생님께서 실패한 일을 어떻게 그가 할 수 있겠는가? 만일 이 소식을 사랑스러운 수에게서 듣지 않았다면 하루를 절망 속에서 보냈을 것이다. 지금 수가 가버리고 나면 대학에 관련된 필롯슨 선생님의 원대한 계획이 실패로 돌아간 이야기는 그를 우울하게 만들 거라는 생각이 들었다.

주드가 갑자기 제안했다. "산책을 할까 하는데 우리 그 분을 찾아가 보는 게 어떨까? 그리 늦은 시간은 아니니까 말이야."

(…)

수년 뒤에 만난 필롯슨 선생님의 모습은 너무나 평범해서, 헤어지고 나서 늘 마음속으로 그려보던, 선생님이 가졌던 후광은 단번에 없어져 버렸다. 동시에 그의 마음속에는 고생에 단련되고 낙담한 선생님에 대한 연민이 일었다. 주드는 자기의 이름을 댔고 어린 시절 자신에게 친절하게 대해주신 선생님을 뵈러 왔다고 말했다.

선생은 잠시 생각에 잠기더니 말했다.

"난 전혀 기억이 나질 않는구나. 내 학생이었다고? 그래, 확실해. 그런데 이제 내 나이가 되니 가르친 학생 수가 수천인데다 학생들도 많이 변해서 아주 최근에 가르친 애들 말고는 거의 기억이 나질 않아."

"메리그린 마을이었어요." 주드는 오지 않는 편이 더 나았겠다고 생각하면서 말했다.

"그래, 거기도 잠시 있었지. 그런데 이 처녀도 내 제자였던가?"

"아닙니다. 제 사촌 동생입니다…. 저는 선생님께 문법책을 좀 부쳐주시라고 편지를 썼었지요. 기억하실지 모르겠는데, 선생님께서 책을 보내주셨습니다."

"아! 그래. 어렴풋이 기억나는구먼."

"책을 부쳐주셔서 참 감사했어요. 저를 공부의 길로 이끌어주신 분이 선생님이셨어요. 메리그린을 떠나시던 날 아침 짐마차에 짐을 실으시고 나서 작별인사를 하면서, 선생님께서는 대학을 졸업해서 성직에 종사할 계획이라고 말씀하셨습니다. 학위는 신학자나 교사로서 뭔가 이루려는 사람에게 꼭 필요한 보증서라고 말씀하셨어요."

"내가 은밀히 그런 생각들을 했던 건 기억나는군. 그렇지만 내가 그 생각들을 사람들에게 말하기도 했던 모양이군. 그런 생각은 여러 해 전에 포기했지."

"전 그 말씀을 결코 잊지 못했어요. 그래서 이 지방까지 왔고, 오늘 밤 선생님을 찾아뵈러 온 거예요."

"들어오게, 자네 사촌도." 필롯슨이 말했다.

그들은 사택의 거실로 들어갔는데 거기엔 서너 권의

책이 종이 갓을 씌운 램프 불빛을 받고 있었다. 필롯슨 선생이 종이 갓을 떼어 서로 더 잘 볼 수 있게 했다. 이제 램프의 불빛은 수의 예민하고 작은 얼굴과 생기에 찬 검은 눈, 그리고 머리카락을 비추었으며, 주드의 진지한 얼굴을 비추었고 선생의 성숙한 얼굴과 자태를 비추었다. 필롯슨 선생은 마흔다섯 살의 야위고 진지한 사람으로, 얇은 입술의 입매가 다소 귀족적이었으며 상체를 구부정하게 숙이는 습관이 있었다. 오래 입어서 어깨와 양쪽 옆구리, 팔꿈치 부분이 반들반들 윤이 나는 검정 프록코트를 입고 있었다.

옛 우정은 눈에 보이지 않았지만, 선생과 주드, 수는 그간 살아왔던 이야기를 서로 나누며 친근감을 회복해 갔다. 선생은 그들에게 아직도 때때로 성직에 관해 생각하고 있으며 예전에 생각했던 대로 성직자가 되는 것은 실패했지만, 설교자로 자격을 갖추면 성직에 관련된 일을 할 수 있다고 말했다. 지금 보조교사가 한 명 더 필요하긴 하지만 그런대로 현재 상태가 만족스럽다고 말했다.

더 늦기 전에 수가 집으로 돌아가야 했으므로 그들은 저녁 식사도 하지 않고 필롯슨 선생의 집을 나와 크라이스트민스터로 되돌아오는 길로 접어들었다. 일반적인 화제 이상은 나누지 않았지만, 주드는 사촌 동생이 의외의 여성이라는 걸 알게 되었다. 그녀의 모든 것이 감정에 근원을 두고 있는 것처럼 그녀는 너무도 생기에 넘쳤다. 흥미진진한 생각에 빠지면 너무 빨리 걸어서 주드가 그녀를 거의 따라잡을 수 없을 정도였다. 어떤 문제에 대해 그녀는 너무 민감하게 반응해서 잘못하면 허영으로 오해될 소지도 있었다. 마음 아프게도 그녀가 주드에게 품고 있는 마음은 친구 같은 친근감 정도인데, 주드는 그녀와 알고 지내기 전보다 더욱 그녀를 사랑하고 있다는 걸 깨달았다. 집으로 돌아오는 내내 우울했던 건 머리 위의 어두워지는 하늘 때문이 아니라 그녀가 크라이스트민스터를 떠난다는 생각 때문이었다.

"왜 크라이스트민스터를 떠나야 해?" 그는 서운해 하면서 물어보았다. "어떻게 뉴먼, 퓨지, 워드, 케블 같은 역사적 거물이 살았던 도시에 애착을 갖지 않고 떠날 수 있을까!"

"그래요. 그 사람들은 위대한 인물들이죠. 그렇지만 세계 역사에서도 그들이 그렇게 위대할까요? 여기 머무르고 싶은 이유 치고는 너무 우스꽝스럽군요! 전 그런 생각을 해본 적이 없어요!" 그녀가 웃었다.

(…)

"교사 일을 다시 해보면 어때? 전에 교직에 있은 적이 있다고 들었는데.”

“다시 교사를 해볼 생각은 안 해봤어요. 왜냐하면 전 미술 도안사로 쭉 일했거든요.”

“내가 필롯슨 선생님께 학교에서 일할 수 있는지 여쭤볼까? 원한다면 교육대학으로 가서 1급 자격 교사가 되어서 도안사나 교회 미술가보다 두 배로 돈을 벌 수도 있고 두 배의 자유를 누릴 수도 있어.”

“그럼 그분한테 여쭤보세요. 전 지금 들어가 봐야 해요. 안녕, 주드 오빠! 전 드디어 우리가 이렇게 만나게 돼서 아주 기뻐요. 우리 부모님들이 다퉜다고 해서 우리도 다툴 필요는 없지 않겠어요?”

주드는 자신도 그 생각에 얼마나 공감하는지 들킬까 봐 곧바로 그의 숙소가 있는 거리로 향했다.

주드의 주선으로 수는 필롯슨의 보조교사로 일하기로 한다. 주드는 학생들에게 예루살렘의 모형을 견학시키고 있는 수와 필롯슨과 마주치게 된다. 수는 기독교 신앙에 대해 회의적인 견해를 피력하고 필롯슨은 수의 급진적인 견해에 놀란다. 그러나 필롯슨은 장학사의 방문 중 놀란 수를 따뜻하게 위로해 준다. 금요일에 이들을 방문한 주드는 필롯슨이 수의 허리에 팔을 두르고 가는 모습을 목격한다. 주드는 필롯슨에게 수를 보조교사로 추천한 것을 후회한다.
주드는 아픈 고모할머니를 방문했다가 할머니로부터 수를 멀리하라는 당부와, 수가 어린 시절부터 얼마나 당돌한 아이였는지 알려주는 몇 가지 일화를 듣는다. 그러나 주드의 마음은 더욱 수에게로 향한다. 다시 크라이스트민스터로 돌아온 주드는 입학을 원하는 편지를 대학에 보낸다.

주드는 도시를 굽어보고 그 너머에 있는 전원을 바라다보았다. 그의 시선은 숲에 머물렀다. 숲은 그녀를 가려주고 있었고 그녀는 처음엔 마음의 지주였지만 지금은 미칠 것 같은 고뇌와 상실감만 안겨주고 있었다. 그는 이러한 충격만 없다면 자신의 운명을 견뎌낼 수 있었을 것이다. 수가 곁에 있다면 자신의 야심을 비웃으며 포기할 수 있었을 것이다. 그녀 없이는 그가 그토록 오래 겪어온 긴장의 반작용으로 비참해질 수밖에 없었다. 필롯슨 선생도 틀림없이 지금 그의 상태와 같은 지적 절망감을 겪었을 것이다. 그러나 지금 선생의 곁에는 축복처럼 사랑스러운 수가 있지만, 주드 곁에는 위로해 줄 그 누구도 없었다.

그는 거리로 나와 멍하니 걷다가 선술집으로 들어갔다. 여기서 그는 연거푸 맥주를 급하게 들이켰다. 밖으로 나왔을 땐 이미 밤이었다. 그는 저녁을 먹으려고 깜박이는 가로등 불빛을 받으며 집으로 어슬렁어슬렁 돌아왔다. 식탁에 앉은 지 얼마 안 되어 하숙집 여주인이 금방 도착한 편지를 가지고 올라왔다. 여주인은 그 편지가 중요한 것일지도 모른다는 듯이 조심스럽게 내려놓았다. 그는 편지를 보고 자신이 학장 앞으로 입학 청원 편지를 보냈던 한 학교의 직인이 찍혀 있는 걸 보았다. "드디어 한 통이 왔구나!" 주드는 소리쳤다.

내용은 간단했고 학장이 직접 보낸 것이었지만 그가 기대했던 내용은 아니었다. 편지 내용은 이러했다.

> 석공 주드 폴리 씨에게
>
> 귀하의 편지를 흥미롭게 읽었습니다. 귀하가 자신을 노동자로 기술하신 점으로 판단컨대 귀하가 다른 진로를 택하기보다 귀하의 본분에 충실하며 현재 직업에 전념하는 것이 귀하의 인생에서 성공할 가능성이 더 크다고 생각하는 바입니다. 그런고로 이 말씀을 귀하께 조언으로 드리고 싶습니다.
>
> 비브리올 대학, T. 티투프네이

이 끔찍하리만큼 분별 있는 충고에 주드는 격노했다. 그는 이미 이런 답장이 오리라는 것을 예전에 알고 있었다. 그리고 이제는 이 편지 내용이 사실이라는 걸 알게 되었다. 그러나 10년의 노력 뒤에 이는 엄청난 타격으로 다가왔다. 그는 식탁에서 무작정 일어나 평소처럼 책을 읽으러 가지 않고 곧장 아래층으로 내려와 거리로 나갔다. 그는 술집에 가서 선 채로 술을 두세 잔 단숨에 들이켰다. 아무 생각 없이 도시 중심부에 있는 교차로까지 걸어갔다. 그는 마치 정신이 나간 사람처럼 멍하니 지나가는 사람들을 바라보다가 제정신이 들자 거기에 서 있는 경찰에게 말을 걸기 시작했다.

경찰은 하품하며 기지개를 켜고는 발끝을 모아 서서 키 돋움을 하더니 재미있다는 듯 주드에게 미소를 지으며 말했다. "많이 취했군, 젊은 친구."

"아뇨, 이제 겨우 시작인걸요." 그는 냉소적으로 대답했다.

그는 술을 진탕 마셨지만, 정신은 말짱했다. 그는 경찰이 몇 마디 지껄이는 말을 건성으로 들었다. 그는 아무도 알아주지 않는 상태에서 자신처럼 악전고투하는 사람들이 몇이나 저 교차로에 서 있었을까 하는 생각에 빠져들었다. 그 교차로는 이 도시에서 가장 오래된 대학보다 더 역사가 깊었다. 교차로는 문자 그대로 사람들의 그림자로 붐비고 있었으며 이들은 비극, 희극, 소극을 공연하듯 만났다. 이곳은 가장 치열한 연극의 공연장이었다. 교차로에서 사람들은 나폴레옹, 미국 독립, 찰스 왕의 처형, 순교자들의 화형, 십자군, 노르만 정복, 더 나아가 시저의 영국 정복에 관해 이야기했다. 여기서 남자와 여자가 만나 사랑하고 미워하고 짝을 짓고 헤어지기도 했다. 여기서 남자와 여자가 서로 기다리고 고통스러워하기도 했다. 누군가를 쟁취하기도 했고, 질투심에 차서 서로 저주하기도 하고, 용서와 더불어 서로 축복하기도 했다.

그는 도시의 생활이 대학 생활보다 훨씬 더 역동적이고 변화무쌍하며 더 간명하게 인간의 이야기를 담고 있음을 깨닫기 시작했다. 비록 크라이스트(그리스도)나 민스터(대성당)에 대해 아는 바가 거의 없다 하더라도, 그의 눈앞에 이렇게 고투하는 남녀들이 크라이스트민스터의 실체였다. 그건 흥미로운 사실이었다. 학생과 교수들로 이루어진 유동층은 어떤 점에서는 크라이스트와 민스터에 대해 알고 있었지만, 결코 지역적 의미에서 크라이스트민스터의 실체는 아니었다.

(…)

대학의 정문은 닫혀 있었다. 주드는 석공 일을 하면서 늘 주머니에 가지고 다니게 된 분필을 꺼내 정문 옆 벽면에 다음과 같이 쓰기 시작했다.

나도 너희와 같은 총명이 있어, 너희만 못하지 아니하니, 그 같은 일을 누가 알지 못하겠느냐.[4]

주드는 다음 날도 절망감에 젖어 노동자들과 창녀들이 드나드는 술집에서 술을 마신다. 술꾼들이 〈사도신경〉을 라틴어로 읊어보라고 요구하자 주드는 술을 마시고 일어나 전혀 망설임 없이 당당한 태도로 암송하기 시작한다. 그러다가 섬광처럼 이성을 회복한 주드는 역겨움을 느끼며 술집 밖으로 뛰쳐나온다. 술에 취해 저지른 이런 행동을 털어놓으려고 수를 찾아간다.

주드는 벽으로 가까이 다가가 손가락으로 유리창을 두들기며 애타게 불렀다.

"수, 수!" 그녀는 주드의 목소리를 알아들은 게 분명했다. 아래층에서 새어나오던 불빛이 사라지더니 잠시 후 수가 손에 촛불을 들고 문을 열었다.

"주드 오빠 아니세요? 그렇군요. 내 소중한 사촌 오빠,

4) 〈욥기〉 12장 3절.

대체 무슨 일이에요?"

"난 오지 않을 수 없었어. 수!" 그는 문간에 주저앉으며 말했다. "난 너무 사악해, 수. 난 비탄에 잠겼고 이런 내 생활을 견딜 수 없었어! 그래서 난 술을 마셨고 신을 모독했어. 그래, 그에 버금가는 짓을 했어. 성스러운 말들을 형편없이 저급한 곳에서 내뱉었어. 경건하게 경외심을 가지고 해야 할 말들을 허세 부리느라 읊어댔어! 아, 내게 어떤 짓이라도 해줘, 수. 날 죽여줘, 상관없어! 단지 이 세상 나머지 사람들처럼 날 미워하고 경멸하지는 말아줘!"

"오빠는 지금 아파요. 가엾어라! 아니, 난 오빠를 경멸하지 않을 거예요. 물론 경멸하지 않아요. 들어와서 쉬어요. 오빠를 위해 뭘 해줄 수 있나 봐야겠어요. 나한테 기대세요. 걱정하지 말고."

수는 한 손으로 촛불을 들고 다른 한 손으로 그를 부축해서 방 안으로 인도했다. 그녀는 초라한 세간이 딸린 방에 있는 유일한 안락의자에 그를 앉히고는 다른 의자 위에 그의 발을 올리고 그의 부츠를 벗겨냈다. 주드는 이제 제정신이 들었고 슬픔과 회한에 찬 목소리로 "사랑스러운 수"라고만 말할 따름이었다.

그녀는 뭘 좀 먹겠느냐고 그에게 물었지만, 그는 고개를 저었다. 그러자 그녀는 잘 자라고 인사하고 아침 일찍 내려와 아침 식사를 차려주겠다고 한 뒤 위층으로 올라갔다.

그는 곧장 깊은 잠에 빠져들었고 새벽까지 깨지 않았다. 처음엔 자기가 어디 있는지 몰랐으나 점차 모든 상황이 명백히 떠올랐고 아주 오싹할 정도로 제정신이 들자 사태를 파악했다. 그녀에게 그의 최악의 상태, 바로 최악의 모습을 보인 것이다. 이제 어떻게 그녀의 얼굴을 볼 수 있단 말인가? 이제 곧 그녀는 간밤에 말한 대로 아침을 차려주기 위해 아래층으로 내려올 텐데 주드는 그녀와 마주치는 게 너무도 부끄러울 것 같았다. 그는 이런 생각이 들자 도저히 견딜 수가 없어 살그머니 부츠를 신고 수가 벽에 걸어둔 모자를 집어 들고는 소리 없이 집을 빠져나왔다.

그는 어디 눈에 띄지 않는 곳으로 가서 숨거나 기도를 드려야겠다는 생각밖에 없었다. 그의 머리에 떠오른 유일한 곳은 메리그린이었다. 그는 크라이스트민스터의 하숙집으로 돌아왔고 고용주가 보낸 해고 통지서가 그를 기다리고 있었다. 짐을 꾸린 그는 몸에 박힌 가시 같았던 그 도시를 뒤로하고 웨섹스의 남쪽으로 향했다.

(…)

“뭐야, 일자리를 잃었어?”

고모할머니는 항아리 뚜껑처럼 무거운 눈꺼풀 아래 푹 들어간 눈으로 그를 바라보며 말했다. 평생을 악착같이 물질과 씨름해 온 그녀는 주드가 후줄근하게 나타난 원인은 실직밖에 없다고 생각했다.

"예." 주드가 무겁게 대답했다. "좀 쉬어야겠어요."

(…)

주드는 아침을 먹고 기운을 차리고 나서 옛날 그의 방으로 올라가 석공답게 셔츠를 입은 채 드러누웠다. 잠시 잠이 들었는데 깨어났을 땐 마치 지옥에서 깬 것 같았다. 그건 지옥이었다. 야심과 사랑, 둘 다 실패했다는 '의식의 지옥'이었다. 그는 이곳을 떠나기 전 자신이 빠졌던 지옥의 심연을 생각했다. 그땐 그게 가장 깊은 지옥이었다. 그러나 지금만큼 깊지는 않았다. 그때가 희망의 바깥쪽 보루가 무너진 거라면 지금은 두 번째 방어선이 무너진 것이었다.

그가 만일 여자라면 지금 겪는 신경의 긴장에 눌려 분명히 비명을 질렀을 것이다. 그러나 성년의 남자라는 사실 때문에 그런 위안을 얻을 수도 없었다. 비참한 기분으로 이를 악물자 마치 라오콘[5] 조각상처럼 입가에 주름이 잡히고 미간에도 깊은 주름이 잡혔다.

5) 그리스 신화에 나오는 트로이의 왕자이며 아폴론 신전의 사제(司祭).

(…)

옆방에서 부목사가 고모할머니와 함께 기도를 드리고 있었다. 주드는 고모할머니가 부목사에 대해 이야기했던 것이 기억났다. 기도 소리가 그치고 층계 쪽으로 발걸음 소리가 들렸다. 주드는 일어나 앉아 "저기요" 하고 소리를 질렀다. 발걸음이 그의 문 앞으로 다가왔고 문이 열리더니 한 남자가 방 안을 들여다보았다. 젊은 부목사였다.

"하이리지 목사님. 고모할머니께 말씀 많이 들었습니다. 어쨌든 전 지금 집에 돌아왔습니다. 한때는 최상의 목표가 있었지만 이젠 파멸한 놈이지요. 전 우울해서 미칠 지경입니다. 술도 많이 마셨고 다른 나쁜 짓도 많이 했어요."

주드는 부목사에게 천천히 자신의 최근 계획들과 행동에 대해 털어놓았다. 이야기를 털어놓는 중에 무의식적으로 자신의 꿈에서 지적인 열망보다는 전체 계획의 일부에 불과했던 신학적인 면을 더욱 강조하게 되었다.

주드는 마지막으로 덧붙여 말했다. "이제 제가 얼마나 바보였는지 알겠어요. 그리고 그건 다 제 탓이에요. 전 대학 진학의 희망이 좌절된 걸 조금도 유감스럽게 생각하지 않습니다. 성공을 확신한다고 해도 이젠 그 길을 갈 생각이 없습니다. 이제는 출세를 바라지 않습니다. 그렇지만 이제 무엇인가 좋은 일을 하고 싶습니다. 그래서 교회와 교회를 섬길 기회, 목사가 될 기회를 놓친 건 몹시 후회됩니다."

이 마을에 갓 부임한 부목사는 주드의 말에 깊이 관심을 두게 되었고 마침내 이렇게 말했다.

"성직의 소명이 있다고 생각하신다면, 그리고 제가 지금 이야기를 나누면서 느끼기에도 신중하고 교양 또한 갖추신 분으로 생각되니까 설교 자격을 따서 설교 목사로 성직에 입문하시는 것이 어떨까 하는 생각이 들었습니다. 하지만 과음은 단호히 삼가셔야 합니다."

"그건 절대 어렵지 않을 겁니다. 단지 저를 지탱해 줄 희망만 있다면요."

제3부
멜체스터에서

크리스마스가 지났고 수는 멜체스터의 교육대학에 입학했다. 주드는, 지금은 일 년 중 일자리 구하기가 가장 어려운 때이니 해가 더 길어지는 시기까지 한 달 정도 멜체스터에 가는 걸 미루어야겠다고 그녀에게 편지를 썼다. 그는 그녀가 너무 쉽게 그 말에 동의하자 그런 제안을 하지 말 걸 하고 후회했다. 그녀는 그날 밤 만취한 그가 그녀를 찾아와서 새벽에 말도 없이 사라져버린 이상한 행동에 대해 한 번도 힐책하지 않았다. 그녀는 필롯슨 선생님과의 관계에 대해서도 한마디도 하지 않았다.

그런데 갑자기 수에게서 아주 열렬한 편지가 왔다. 그녀는 너무도 외롭고 비참하다고 호소했다. 학교가 너무 싫고 도안사로 일하던 곳보다 더 나쁜 최악의 장소라고 했다. 그녀는 친구 하나 없는 처지를 뼈저리게 느끼고 있으니 곧바로 와줄 수 없느냐고 했다. 주드가 간다고 해도 정해진 시간에만 만날 수 있다고 했는데 학교 규율은 그 정도로 매우 엄격했다. 그녀는 필롯슨 선생님이 거길 입학하도록 권했는데 선생님 말을 듣지 말걸 그랬다며 후회했다.

필롯슨 선생의 구혼이 잘 진행되지 않는 게 분명했고 주드는 이 사실에 엄청난 기쁨을 느꼈다. 그는 몇 달간 가져보지 못했던 가벼운 마음으로 짐을 꾸려서 멜체스터로 갔다.

이제 새로운 생활이 시작되므로 그는 술을 일절 팔지 않는 여관을 찾았다. 그는 역 앞 거리에서 작은 표지판을 발견했다. 그는 식사하고 나서 우중충한 겨울 햇빛을 받으며 시내의 다리를 건너 모퉁이를 돌아 대성당의 경내로 들어갔다. 안개가 짙게 낀 날이었다. 그는 영국에서 가장 우아한 건축물[6] 담벼락 아래 서서 위를 올려다보았다. 우뚝 솟은 건축물은 지붕의 끝까지 다 보였다. 그 위로 점차 작게 보이는 첨탑이 더욱 아스라이 멀어져서 탑의 꼭대기는 짙게 낀 안개 속에서 완전히 자취를 감추었다.

가로등이 켜지기 시작했고 그는 서쪽 입구로 발길을 돌렸다. 그는 주변에 많은 돌무더기가 쌓여 있는 걸 보고 이를 좋은 징조로 받아들였다. 그렇게 돌덩이가 쌓여 있는 건 상당한 규모의 성당 복구 작업이나 수리 작업이 진

6) 영국 잉글랜드 남부 윌트셔 주(州) 솔즈베리에 있는 대성당.

행 중이라는 걸 의미하기 때문이었다. 그는 신앙적 미신에 가득 차서 이것을 신의 섭리라고 여겼다. 그가 더 고귀한 성직에 부름을 받기까지 기다리는 동안 자신의 기술로 할 수 있는 충분한 일거리를 신이 배려해서 마련해 주신 것으로 생각한 것이다.

그는 지금 자신이 넓은 이마와 그 위에 드리워진 검은 머리, 맑은 눈을 지닌 활발한 처녀에게 얼마나 가까이 있는가를 생각했다. 그러자 온몸에 열기가 퍼지는 걸 느꼈다. 수는 타오르는 듯한 눈매를 지녔는데, 대담하게 부드러운 그 눈빛은 때로 스페인풍의 그림 판화들에서 본 소녀의 눈빛과 닮았다. 그녀는 여기, 실제 이 성당 경내에서 서쪽 정문과 마주한 건물 중 한 곳에 있었다.

주드는 학교 밖에서 수를 만난다.

이곳에 온 지 얼마 되지도 않았는데 수는 예전 모습과 많이 달라져 있었다. 그녀의 경쾌한 거동은 사라지고 동작의 곡선이 차분한 직선이 되어 있었다. 종래의 그 알 수 없는 미묘한 태도도 사라졌다. (…) 그녀는 조그만 레이스 깃이 달린 짙은 적자색 가운을 입고 있었다. 그 옷은 아주 수수한 것이었으나 그녀의 날씬한 몸매에 우아하게 잘 맞았다. 예전에는 최신 유행에 따랐던 그녀의 머리는 단단하게 틀어 올려져 있었다. 그녀는 전체적으로 엄한 규율에 의해 절제된 여자의 분위기를 풍겼으나 아직 그 규율이 미치지 못한 깊은 곳에서 일종의 감춰진 활기가 빛을 발하고 있었다.

주드는 수의 약혼 사실을 알게 된다. 그러나 그곳에서 일자리를 구하고 신학 공부에 몰두한다. 어느 날 수와 주드는 야외로 소풍을 나갔다가 돌아오는 기차를 놓쳐 양치기의 오두막에서 밤을 보내게 된다. 다음 날 아침 주드는 수를 학교 기숙사까지 바래다주고, 수는 주드에게 새로 찍은 자신의 사진을 준다. 젊은 남자와 외박을 했다는 이유로 학교 당국은 수에게 일주일간 독방을 쓰도록 하는 중징계를 내리고, 수는 학교를 도망쳐 나와 강을 건너 젖은 몸으로 주드를 찾아간다.

그는 창문에서 뭔가 가볍게 달그락거리는 소리를 들었다고 생각했다. 그 소리는 또 들렸다. 분명히 누가 돌을 던진 것 같았다. 그는 일어나 부드럽게 창틀을 들어 올렸다.

"주드 오빠." (아래로부터 소리가 들렸다.)

"수!"

"그래요. 수예요! 아무에게도 들키지 않고 올라갈 수

있을까요?"

"그래. 걱정하지 마."

"그럼 내려오지 말고 창문을 닫아요."

대다수 오래된 시골 소도시에서 그러하듯 누구라도 손잡이만 돌리면 앞문이 열리기 때문에 수가 쉽게 들어올 수 있으리라는 걸 알고 주드는 기다렸다. 자신이 곤경에 처했을 때 그녀에게 달려갔듯이 그녀도 곤경에 처해 그에게 달려왔다는 생각을 하니 가슴이 설렜다. 그들은 어쩜 이렇게 닮았는가! 그는 방문의 고리를 벗겼다. 어두운 층계에서 몰래 사각거리는 소리가 들렸고 곧장 그녀가 램프 불빛 아래로 나타났다. 그는 다가가서 그녀의 손을 잡았는데 그녀는 해신처럼 차고 끈적끈적했다. 옷은 파르테논 신전 벽의 조각처럼 몸에 착 달라붙어 있었다.

그녀가 이를 덜덜 떨며 말했다. "너무 추워요! 오빠, 난로 곁으로 좀 가도 돼요?"

그녀는 조그만 벽난로의 받침쇠 곁으로 갔는데 움직일 때마다 옷에서 물이 뚝뚝 떨어졌다. 약한 불기에 젖은 몸을 말릴 수는 없을 것 같았다. "도대체 무슨 짓을 한 거야? 사랑하는 수?" 주드가 물었다. 그는 자기도 모르게 부드러운 애칭이 튀어나와 깜짝 놀랐다.

"이 마을에서 제일 큰 강을 헤엄쳐 건너왔어요. 그런 짓을 저질렀어요! 오빠와 외박했다고 날 가뒀어요. 너무 부당해서 참을 수 없었어요. 그래서 창으로 나와 강을 건너 도망쳐왔어요!" 그녀는 평상시대로 독립적인 어조로 설명을 시작했지만, 이야기를 다 마치기 전에 엷은 분홍빛 입술이 떨리면서 끝내 울음을 터뜨렸다.

"사랑스러운 수! 옷이랑 신발이랑 다 벗어야겠어! 내가 안주인의 옷을 좀 빌려야겠어, 물어볼게." 그가 말했다.

"관두세요. 관두세요. 제발 안주인은 모르게 해주세요. 여긴 학교 너무 가까이 있어서 학교에서 날 찾아낼지도 몰라요!"

"그럼 내 옷을 입어. 괜찮지?"

"그럼요."

(…)

그러고 나서 수는 전날 둘이 헤어진 후부터 학교에서 어떤 일을 당했는지 상세하게 이야기하기 시작했다. 그러나 이야기 중에 그녀는 말을 우물거리고 고개를 꾸벅꾸벅하더니 말을 멈추었다. 그녀는 깊은 잠에 빠졌다. 주드는 수가 감기에 걸릴까 봐 몹시 걱정되었던 터라 그녀의 고른 숨소리를 듣고 안심이 되었다. 그는 조심스럽게 그녀의 곁에 다가가 여태 새파랬던 뺨이 발그스레해지는 걸 보았다. 축 늘어진 손도 이제는 차갑지 않았다. 난롯불을 등 뒤로 하고 서서 그는 그녀에게서 거의 신과 같은 모습을 보았다.

주드는 잠이 깬 수와 대화를 나누게 된다.

"난 좋은 기회를 얻었었어요. 라틴어나 그리스어는 모르지만 두 언어의 문법은 알아요. 그래도 번역본으로 그리스나 라틴 고전을 거의 다 읽었고 다른 책들도 많이 읽었어요. 랑프리에르, 카툴루스, 마르티알리스, 유베날리스, 루치안, 보몬트와 플레처, 스카롱, 브랑톰, 스턴, 스몰렛, 필딩, 셰익스피어와 성서도 다 읽었지요. 그리고 이런 책들은 불건전한 부분도 있지만 대부분 모호하게 끝난다는 걸 알았어요."

"너는 나보다 책을 더 많이 읽었군." 그는 한숨을 쉬며 말했다. "그런 기묘한 책들을 어떻게 읽게 되었지?"

"그래요." 그녀는 생각에 잠긴 듯 말했다. "그건 우연이었어요. 제 삶은 전적으로 사람들이 내게 특별나다고 했던 부분들로 구성되어 왔어요. 그래서 난 남자들이나 남자들이 보는 책들을 두려워하지 않아요. 난 남자들과 어울렸고, 특히 한두 명과는 각별했어요. 대다수 여자가 남자에게 정조를 뺏기지 않게 조심해야 한다고 배우는데 전 그렇게 느끼지 않았어요. 여자가 남자를 유혹하지 않는 한 보통 남자라면, 즉 정욕에 찬 야수 같은 남자가 아니라면, 밤이건 낮이건, 집 안에서건 밖에서건 여자를 건드리지 않아요. 여자가 '유혹'의 표정으로 말하기 전까지는 남자는 늘 두려워하죠. 여자들이 '어서요'라고 말하거나 눈길을 보내지 않는 한 그는 언제나 겁을 집어먹고 어떤 행동도 하지 못해요. 전 열여덟 살이었을 때 크라이스트민스터의 한 대학생과 친하게 지냈어요. 그 사람이 많은 걸 가르쳐주었고 내가 구해볼 수 없는 책들을 빌려주었어요."

"너의 우정은 깨져버렸나?"

"아, 그래요. 그는 죽었어요. 가여운 사람. 학위를 따고 크라이스트민스터를 떠나고 나서 2, 3년 후에 말이에요."

"그 사람과 자주 만났겠지?"

"네, 우린 거의 남자 둘이 돌아다니듯 도보 여행, 독서 여행 등을 함께 다니곤 했어요. 그는 함께 살자고 제게 청했고 전 편지로 동의했지요. 그런데 제가 런던에서 그 사람과 합류했을 때 제가 생각했던 것과는 다른 의도가 있더라고요. 사실은 그는 내가 애인이 되어주길 원했지만 전 그를 사랑하지 않았어요. 그래서 제 계획에 따라주지 않으면 가버리겠다고 했더니 제 말을 따르겠다고 하더군요. 우린 15개월 동안 거실을 같이 썼어요. 그 사람은 런던의 유력한 일간지 중의 한곳에서 논설위원으로 일했는데 병을 얻어 해외로 요양을 가야 했어요. 그렇게 좁은 집에 함께 살면서 내가 자기를 가까이 오지 못하게 해서 애간장을 다 녹여놨다고 말하더군요. 그는 여자가 그렇게 지낼 수 있다고 결코 믿을 수 없었던 거예요. 그는 내가 그런 일을 자주 했을 거라고 말하더군요. 그는 집에 돌아오자마자 죽어버렸어요. 그 사람이 죽고 나니 내가 잔인하게 굴었던 것에 무척 자책감이 들었어요. 나 때문에 죽은 게 아니고 폐결핵으로 죽었다고 믿고 싶었어요. 그의 장례식에 참석하기 위해 샌드번까지 내려갔어요. 제가 유일한 문상객이더군요. 그 사람은 내게 돈을 좀 남겼는데 제가 자기 마음을 아프게 했기 때문인 것 같아요. 그것이 바로 남자가 여자보다 나은 점이지요!"

"맙소사! 그래서 어떻게 했어?"

"아, 지금 저한테 화난 거죠!" 그녀의 맑은 목소리에 갑자기 콘트랄토[7]의 비극적 음색이 섞였다. "화낼 줄 알았

7) 중세 교회음악에서는 여성의 참여가 금지되어 있었기 때문에 테너보다 높은 성역도 남성이 불렀으며 이를 콘트랄토라고 한다.

으면 이야기 안 했을 텐데!"

(…)

"난 그렇게 공부를 열심히 했지만, 일상적인 일에 대해서는 몹시 무지해." 그가 화제를 돌렸다. "너도 알겠지만 난 신학에 몰두하고 있어. 네가 지금 여기 없다면 난 지금 뭘 하고 있을까? 난 저녁 기도를 드리고 있었겠지. 기도를 드리는 걸 네가 좋아할지 모르겠군."

그녀가 대답했다. "아, 아니에요. 오빠만 괜찮다면 기도를 드리지 않았으면 해요. 기도를 하고 있으면 제가 위선자로 보일지도 모르니까요."

"네가 함께 기도하지 않을 거라고 생각했어. 그래서 권하지 않았지. 내가 언젠가는 훌륭한 목사가 되고 싶어 하는 거 기억해야 해."

"성직에 임명되는 것 말씀인가요?"

"그래."

"그럼 그 생각을 아직 포기하지 않았군요? 전 지금쯤 오빠가 포기한 줄 알았는데."

"물론 아직 포기 안 했지. 바보같이 난 처음엔 네가 크라이스트민스터의 영국 국교도들과 어울릴 때 너도 이 문제에 대해 나와 마찬가지로 느낀다고 생각했어. 그런데 필롯슨 선생님은…."

"난 크라이스트민스터에 대해 조금도 존경심을 갖고 있지 않아요. 지적 측면에서 몇 가지를 제외하면요." 수는 진지하게 말했다.

"내가 말했던 대학생 친구가 그런 존경심을 없애주었지요. 그 사람은 내가 아는 사람 중 가장 비종교적인 사람이면서 가장 도덕적인 사람이었어요. 크라이스트민스터의 지성은 헌 부대에 담아놓은 새 술이에요. 크라이스트민스터의 중세 사조는 없어져야 하고 편견은 버려야 해요. 그렇지 않으면 크라이스트민스터 자체가 없어져 버릴지도 몰라요. 확실히 사람들은 때때로 오랜 신앙의 전통을 은밀히 좋아하게 되죠. 그건 일군의 사상가들이 감동적이고도 소박한 진실로 보존해 온 거니까요. 그렇지만 제일 슬프거나 제일 올바른 정신일 때 내가 어떤 기분이 드는지 아세요? 들어봐요."

> "오, 성자들의 오싹한 영광이여, 교수형 당한 신들의 죽은 팔다리들이여!"[8]

8) 스윈번의 〈프로스핀에 바치는 찬가〉의 한 구절.

"수, 그렇게 말하다니 너는 좋은 친구가 아니구나."

"안 그럴게. 주드 오빠." 목소리에 감정적인 음색이 다시 깃들면서 그녀는 얼굴을 돌려버렸다.

"난 아직도 크라이스트민스터는 영광스러운 일면을 많이 가지고 있다고 생각해. 내가 거기에 들어가지 못해 분하긴 하지만." 그는 부드럽게 말하면서 그녀를 자극해서 울리고 싶은 충동을 참았다.

"거긴 시내 사람들, 장인들, 술주정뱅이, 빈민들의 경우를 빼놓고는 무지한 곳이에요." 그녀는 주드가 자기와 의견이 다른 것에 대해 여전히 토라져서 말했다. "이들은 삶을 있는 그대로 보지만 대학 사람들은 그렇게 보지 못해요. 오빠 자신이 그걸 증명해 보이고 있잖아요. 오빠는 크라이스트민스터에 대학이 설립되었을 때 들어갈 수 있었던 바로 그런 사람 중 하나예요. 다시 말해 학문에 대한 열정은 있지만, 돈도, 기회도, 도와주는 사람들도 없는 사람들 말이에요. 그렇지만 오빠는 백만장자의 자식들한테 길거리로 밀려나고 말았지."

"어쨌든 난 대학이 수여하는 학위 없이도 해나갈 수 있어. 난 좀 더 고귀한 걸 추구하거든."

"난 좀 더 광범위하고 진실한 걸 좋아해요." 그녀가 우겼다. "현재 크라이스트민스터의 지성은 이쪽에서, 종교는 또 다른 쪽에서 서로 밀고 당기고 있어요. 마치 서로 뿔로 받는 두 마리 숫양처럼 꼼짝도 않고 서 있어요."

"필롯슨 선생님께서는 어떻게…."

"거긴 물신 숭배자들과 귀신 들린 자들로 가득한 곳이에요!"

다음 날 아침 수는 다시 학교로 돌아가 재입학을 요청한다. 그러면서 수는 주드에게 충동적으로 자신을 사랑해서는 안 된다고 이야기했다가 다시 원하면 사랑해도 좋다고 말한다. 주드는 수를 다시 만나고, 수는 학교 측이 자신을 받아주지 않았으며 곧바로 주드와 결혼할 것을 충고했다고 주드에게 일러준다. 수는 결혼 문제가 대두된 것을 은근히 기뻐하는 눈치지만, 주드는 자신의 기혼 상태를 밝힐 수밖에 없는 현실을 괴로워한다. 한편, 필롯슨은 수가 보낸 편지와 수의 사진을 보면서 열정을 삭이다가 직접 수를 방문하기로 한다. 학교에 도착해서 필롯슨은 수가 행실 때문에 학교에서 쫓겨났다는 이야기를 듣는다. 필롯슨은 성당 복원 작업을 하는 주드를 만나 수와 주드가 아무 일도 없었다는 것을 확인한다. 그날 오후 주드는 수에게 자신이 결혼한 몸이라는 것을 밝히고 수는 몹시 상심한다. 수는 필롯슨과 곧 결혼할 거라는 편지를 주드에게 보내며 결혼식 때 자신을 인도하는 역할을 해달라고 요

청한다.

수는 앞서 말한 대로 토요일 10시 기차로 도착했다. 수는 주드가 아침 일거리를 놓쳐서는 안 될 테니(진짜 이 때문인지는 알 수 없지만) 기차역으로 마중 나오지 말라고 부탁했으므로 주드는 나가지 않았다. 그러나 주드는 수를 잘 알고 있었으므로 서로 감정적 위기에 처했을 때 민감하게 반응했던 기억이 부담스러워 그런 부탁을 했을 거라고 생각했다. 그가 집으로 점심을 먹으러 왔을 때 그녀는 이미 집에 와 있었다.

그녀는 그와 같은 집에 살고 있었지만 다른 층에서 지냈으므로 서로 마주칠 일은 없었다. 저녁 식사 시간이 그들이 함께하는 유일한 시간이었는데, 수는 마치 겁에 질린 어린아이 같은 태도를 보였다. 그녀가 어떤 기분인지 알 도리가 없었다. 그녀는 안색이 좋지 않거나 몸이 아픈 것 같진 않았지만 둘은 기계적인 대화만 나눴다. 필롯슨은 자주 방문했지만 대부분 주드가 없을 때 왔다. 주드가 휴가를 낸 결혼식 날 아침, 주드와 수는 그 이상한 막간의 시간에 처음이자 마지막으로 함께 아침 식사를 했다. 수가 머무는 기간에 주드가 빌린 거실에서였다. 수는 여자들이 으레 그렇듯 주드가 방을 아늑하게 꾸미지는 못했다고 부산을 떨었다.

"왜 그래요, 주드 오빠?" 그녀가 갑자기 물었다.

그는 탁자에 팔꿈치를 대고 손에 턱을 괸 채 마치 테이블보에 미래가 그려져 있기라도 한 듯 뚫어져라 바라보고 있었다.

"아, 아무것도 아니야!"

"오빠도 알겠지만, 오빠는 '아버지'예요. 신부를 신랑에게 인도해 주는 사람을 그렇게들 부르잖아요."

주드는 '필롯슨 선생님의 나이가 그렇게 부르기에 딱 맞잖아'라고 말하고 싶었지만 그런 유치한 말대꾸로 그녀를 괴롭히고 싶지는 않았다.

그녀는 그가 생각에 잠기는 것이 두려운 듯이 쉴 새 없이 이야기를 했다. 두 사람은 이제 새로운 관계에서도 서로 신뢰를 잃지 않기를 바라며 아침 식사를 마쳤다. 주드는 마음이 무거웠다. 그 자신이 결혼이라는 잘못을 저질렀으면서도 그가 사랑하는 여자가 같은 오류를 범하려 하는데 그러지 말라고 애원하며 말리지는 못할망정 오히려 잘못을 도와주고 부추기고 있다는 생각이 들었기 때문이다. '정말 확실히 결정한 거니?'라는 말이 그의 입에서 맴돌았다.

아침 식사를 마친 뒤 그들은 이제 허물없이 함께할 수

있는 마지막 기회라는 생각 때문에 함께 외출했다. 운명의 아이러니인지, 결정적인 순간에 신의 섭리를 거역하고 싶어 하는 수의 천성 때문인지 진흙길을 걸으며 그녀는 주드의 팔짱을 꼈다. 그녀의 생애에서 한 번도 해본 적이 없는 행동이었다. 모퉁이를 돌자 근처에 낮은 지붕을 얹은 회색 교회가 있었다. 그건 성 토머스 교회였다.

"여기가 그 교회야." 주드가 말했다.

"제가 결혼식을 올리게 될 곳이에요?"

"그래."

"정말이군요." 그녀가 호기심에 가득 차서 외쳤다.

"곧 무릎을 꿇고 결혼식을 올릴 곳이 어떤 곳인지 들어가 보고 싶어요."

그는 혼잣말했다. "그녀는 결혼이 무엇을 의미하는지 모르고 있어."

(…)

그는 안에 들어가고 싶어 하는 수의 바람에 따라 그녀와 함께 서쪽 문으로 들어갔다. 음울한 건물 안에는 청소부 여인밖에 없었다. 수는 여전히 방금 결혼한 부부처럼 그의 팔을 잡고 있었다. 그날 아침 그녀는 잔인할 만큼 그에게 다정했다.

(…)

둘은 성단을 향해서 본당 회중석을 조심스럽게 걸어가 그 앞에 잠시 말없이 서 있다가 돌아서서 마치 결혼한 신랑 신부처럼 걸어 나왔다. 그녀의 손은 여전히 주드의 팔을 잡고 있었다. 그녀가 연출한 너무도 의미심장한 이 행동은 주드를 좌절하게 만들었다.

"난 이렇게 하는 게 좋아요." 그녀는 향락에 젖은 듯한 미묘한 목소리로 말했는데 그건 틀림없이 진실을 말한 걸로 보였다.

"난 네가 좋아하는 걸 알아!" 주드가 말했다.

"이런 건 아마 전에 해본 적이 없어서 재미있나 봐요. 두 시간쯤 뒤 내 남편과 이렇게 교회를 걸어 내려오고 있겠죠, 그래요!"

"틀림없이 그렇겠지."

"오빠가 결혼했을 때도 이랬어요?"

"맙소사, 수, 그렇게 잔인하게 굴지 마! 아냐, 이봐, 그런 뜻은 아니야!"

"아, 오빠, 화났군요." 그녀는 뉘우치듯 말했는데 눈물을 감추려고 눈을 깜박거렸다.

"오빠를 절대 괴롭히지 않겠다고 약속했는데! 날 이리 데려와 달라고 그러지 말걸. 아, 그러지 말았어야 했어요. 이제 알겠어요. 새 기분을 찾는 내 호기심 때문에 난 항상 이런 문제를 일으켜요. 날 용서해 주세요! 용서해 주실 거죠. 네? 오빠."

하도 뉘우치는 듯 애원해서 주드는 응답의 뜻으로 그녀의 손을 꼭 쥐었다. 그의 눈은 그녀의 눈보다 더 촉촉하게 젖어 있었다.

(…)

식장까지 거리가 아주 가까웠음에도 주드는 레드라이온에서 마차를 빌렸다. 그들이 바깥으로 나왔을 때 예닐곱의 여자들과 어린애들이 문 근처에 모여 있었다. 사람들은 주드를 이곳 주민으로 알고 있었지만, 필롯슨 선생과 수는 아무도 몰랐다. 그래서 신랑 신부가 멀리서 온 주드의 친척쯤 되는 걸로 생각했으며, 수가 최근에 교육대학 학생이었다는 건 아무도 짐작하지 못했다.

마차 안에서 주드는 호주머니에서 작은 결혼 선물을 꺼냈다. 그건 두세 야드쯤 되는 흰 비단 망사였다. 그는 면사포 삼아 그걸 그녀의 모자 위에 드리워주었다.

"모자 위에 이걸 쓰니 너무 이상해 보여요." 그녀가 말했다. "모자를 벗어야겠어요."

"아, 아니야, 그대로 둬요." 필롯슨이 거들었고 수는 그 말에 따랐다.

그들이 교회 쪽으로 올라가서 각자 위치에 섰을 때 주

드는 이전에 여길 왔던 게 확실히 이 예식의 중압감을 덜어주고 있다고 느꼈다. 그러나 예식이 반쯤 진행되었을 때, 그는 마음속 깊이 그녀를 인도해 가는 역할을 맡지 말걸 그랬다는 생각이 들었다. 수는 어떻게 그렇게 염치없이 그에게 이런 일을 부탁할 수 있을까? 주드에게도 그렇지만, 그녀에게도 잔인한 일일 텐데 말이다. 이런 문제에서 여자는 남자와 달랐다. 여자들은 통상 더 예민한 대신 더 무감각하고 덜 낭만적이어서 그런 걸까, 아니면 더 용감한 걸까? 아니면 단지 수가 너무 괴팍해서 일부러 그를 고통스럽게 만드는 걸까? 그녀 자신도 오래 고통을 겪고 그에게도 오래 고통을 가함으로써 부드러운 연민으로 마음 저리면서 이상하고도 구슬픈 만족을 얻으려는 걸까? 그는 그녀의 얼굴이 긴장으로 굳어 있는 걸 알 수 있었다. 그리고 주드가 그녀를 필롯슨에게 인도해 주는 쓰라린 시련의 순간에 그녀는 거의 자제할 수 없는 상태처럼 보였다. 그렇지만 그건 자기 자신 때문이라기보다 지금 이 장소에 결코 있을 필요가 없는 그녀의 사촌 주드가 어떤 마음일 거라는 걸 알고서 그런 것 같았다. 아마도 그녀는 내내 그에게 그런 고통을 가할 것이고, 엄청난 자기모순 속에서 그 고통을 당하는 주드를 위해 내내 슬퍼할 것이었다.

필롯슨은 이런 것들을 눈치 채지 못했다. 그는 마치 안개에 둘러싸인 듯, 다른 사람들의 감정을 읽어내지 못하는 듯했다. 신랑 신부가 각자 이름에 서명하고 내려왔을 때 긴장된 상태는 끝났고 주드는 안도감을 느꼈다.

그의 하숙집에서 간단히 식사를 끝내고 2시에 신랑 신부는 떠났다. 마차를 타러 보도를 건너가면서 그녀는 뒤돌아보았고 그 눈에는 겁먹은 빛이 서려 있었다. 수는 단지 주드로부터 독립적이라는 걸 주장하고, 그가 기혼자라는 비밀을 감춘 데에 앙갚음하기 위해 알지도 못하는 상태로 뛰어들 만큼 어리석은 짓을 한 걸까? 아마도 수는 여자의 마음과 삶을 갉아먹는 남자의 속성에 대해서 어린애처럼 모르고 있기 때문에 그처럼 남자에게 모험적인 시도를 할 수 있었으리라.

마차의 발판을 막 오르려 하면서 그녀가 몸을 돌려 뭘 잊어버린 게 있다고 말했다. 주드와 하숙집 안주인이 그걸 가져다주겠다고 했다.

“아녜요.” 그녀가 도로 달려 나오면서 말했다. “내 손수건이에요. 어디 뒀는지 내가 잘 알아요.”

주드는 그녀를 따라갔다. 그녀는 손수건을 찾아 손에 쥐고 나왔다. 그녀는 눈물 젖은 눈으로 그를 쳐다보았고 뭔가를 고백하려는 듯 갑자기 입술을 벌렸다. 그러나 그녀는 계속 걸어갔고 그녀가 말하려던 것이 무엇이었는지는 미지수로 남았다.

수가 필롯슨 선생과 결혼하고 떠나는 것을 본 주드의 허전함은 이루 말할 수 없다. 수의 결혼에도 주드는 수에 대한 애정을 지울 수가 없다. 주드는 계속 수에 대해 사랑을 느끼며 고모할머니의 임종이 가까웠다는 소식을 접하자 수에게 같이 가 뵙자고 편지를 보낸다. 그러나 크라이스트민스터로부터 좋은 일자리가 있다는 소식에 다시 그 도시에 들른 주드는 염증을 느낀다. 그는 옛날 자신이 〈사도신경〉을 라틴어로 암송했던 술집으로 가게 된다.

피로감이 들고 기차 시간까지 별 할 일이 없어 주드는 소파 하나를 차지하고 앉았다. 여종업원들의 뒤에는 사각 거울들이 달려 있고, 앞에는 술잔을 얹어놓는 유리 선반들이 죽 있었다. 그 선반 위에는 주드가 이름도 모르는 귀한 술들이 황옥, 사파이어, 루비, 자수정 같은 병들에 채워져 진열되어 있었다. 다음 칸막이 안에 손님이 들어오자 활기가 넘쳤다. 금전등록기에 동전이 들어갈 때마다 쨍그랑 소리가 났다. 그 칸막이 안에서 시중을 드는 여종업원은 주드의 시선에는 들어오지 않았다. 단지 그녀의 뒤에 있는 거울에 비친 뒷모습만이 때때로 그의 시선에 잡혔다. 그 여종업원이 머리 매무새를 바로잡고자 잠시 얼굴을 돌렸을 때도 그는 무관심하게 보았을 따름이었다. 그러다가 그 얼굴이 아라벨라인 걸 알고는 깜짝 놀랐다.

그녀가 그의 칸막이 안으로 온다면 그를 알아봤을 것이었다. 그러나 다른 칸 담당 여종업원이 시중을 들고 있었으므로 그녀는 오지 않았다. 아라벨라는 흰 리넨 소매 끝동이 있고 넓고 흰 옷깃이 달린 검은 옷을 입고 있었으며, 더 성숙해진 몸매는 왼쪽 가슴에 꽂은 한 아름의 수선화 때문에 더 두드러져 보였다. 그녀가 시중을 드는 칸막이 안에는 알코올램프 위로 전기 도금한 술 뽑는 기계가 세워져 있었고, 알코올램프의 푸른 불꽃이 꼭대기로부터 김을 뿜고 있었다. 이 모든 광경이 그녀 뒤의 거울을 통해서만 보였다. 그 거울엔 그녀가 시중을 드는 남자들의 얼굴도 보였는데 그중 한 남자는 미남에다 방탕해 보이는 젊은 놈으로 아마도 대학 학부생 같았다. 그는 그렇고 그런 우스꽝스런 경험담을 그녀에게 늘어놓고 있었다.

(…)

주드는 얼이 빠진 철학자 같은 시선으로 계속 그녀를 지켜보았다. 지금 자신의 인생에서 아라벨라가 이렇게 멀리 떨어져 나갔다는 것이 놀라웠다. 그는 지금 실제로 그들이 가까이 있다는 것도 인식할 수 없었다. 상황 자체가 이러했으므로 현재 기분으로서는 아라벨라가 진짜 자신의 아내라는 사실에도 무감각한 상태가 되었다.

그녀가 시중을 들던 칸막이 안이 이제 비었고 그는 잠시 생각하고 나서 그 안으로 들어가 계산대 앞까지 다가갔다. 아라벨라는 잠시 동안 그를 알아보지 못했다. 그러다 그들의 눈이 마주치자 그녀는 깜짝 놀랐다. 그러나 곧 뻔뻔스러운 장난기를 눈에 담은 채 말을 꺼냈다.

"참, 저런! 난 당신이 수년 전에 땅에 묻힌 줄 알았어요."

"아!"

"당신 소식은 전혀 못 들었어요. 그렇지 않고선 내가 여기 왔을 리 있겠어요. 하지만 신경 쓰지 마세요. 오늘 오후 당신을 무엇으로 대접할까요? 위스키와 소다로 하실래요? 자, 옛정을 생각해서 이 집에서 파는 건 어느 거라도 대접할게요."

"고마워, 아라벨라." 주드는 웃지도 않고 말했다. "그렇지만 난 더는 마시고 싶지 않아." 사실 예기치 않았던 그녀의 존재가 마치 그를 젖 먹던 유아 시절로 확 되돌아가게 한 듯, 순간적으로 독한 술을 마시고 싶었던 생각이 깡그리 사라지게 되었다.

"공짜로 마실 수 있는데, 유감이네요."

"여기서 얼마나 일했지?"

"6주 정도요. 석 달 전에 시드니에서 돌아왔어요. 아시다시피 난 항상 이 일을 좋아했거든요."

"당신이 어떻게 여기 오게 된 건지 궁금하군."

"어쨌든 난 당신이 죽은 것으로 생각했고, 런던에 있으면서 이 자리가 난 걸 광고에서 보았죠. 걱정이 됐지만 여기선 아무도 날 모를 거라고 생각했지요. 난 자라면서 크라이스트민스터에 한 번도 살아본 적이 없었으니까요."

"왜 호주에서 돌아온 거지?"

"아, 나름대로 이유가 있어요…. 그럼 당신은 아직 대학 학감이 못 됐나요?"

"아직."

"아직 성직에 임용 안 됐나요?"

"그래요."

"그럼 비국교도 목사조차 안 됐나요?"

"난 옛날하고 똑같은 상태요."

"사실이군요. 그렇게 보여요." 그녀는 그를 조사하듯 뜯어보면서 손가락을 맥주를 뽑는 기계 손잡이 위에 느슨하게 걸치고 있었다. 그는 자기와 살 때보다 그녀의 손이 더 작아지고 하얘진 걸 보았다. 기계를 잡아당기는 손에는 진짜 사파이어 같은 보석 박힌 장식용 반지가 끼워져 있었다. 그건 진짜 사파이어였고 그것만으로도 술집을 드나드는 젊은 남자들의 경탄을 살 만했다.

(…)

주드는 다 비우지 않은 잔을 놓고 밖으로 나와 거리를 배회했다. 수에 대한 애달픈 사랑의 투명한 감정에 조잡한 찌꺼기가 끼어든 꼴이 되었다. 비록 아라벨라의 말은 절대적으로 믿을 만한 것이 못 되었지만, 그는 아라벨라의 말에 약간의 진실이 포함되어 있을지도 모른다고 생각했다. 아라벨라는 그를 버려두길 원했고 실제로 그가 죽었다고 믿고 있었다고 말했다. 이제 실제 아라벨라와의 관계를 정리해야 할 때가 된 것이었다. 법은 법이었고 자신과 그녀는 교회의 눈으로 비추어볼 때 동양이나 서양만큼이나 달랐기 때문이었다.

아라벨라를 만나야 했으므로 알프레드스턴에서 수를 만나려던 약속은 지키기 어렵게 되었다. 수와의 약속을 이리저리 생각하니 괴로운 맘이 되었으나 어쩔 수가 없었다. 아마도 아라벨라는 수에 대한 그의 인정받을 수 없는 사랑에 벌을 주려고 고의로 끼어든 존재일지도 몰랐다. 그래서 도시를 아무 목적 없이 이리저리 서성이며 저녁나절을 보냈고 모든 대학의 회랑이나 대학 강당 근방은 피해

다녔다. 대학 건물들을 보는 건 참기 어려웠기 때문이었다. 그는 카디널 대학의 대종이 백한 번을 울리는 사이 선술집으로 다시 들어갔는데, 그에게 이 종소리는 아무 이유 없이 그를 비웃으려는 우연한 일처럼 느껴졌다.

주드는 아라벨라와 올드브리컴에서 부부로 하룻밤을 보낸다. 그러나 주드는 아라벨라가 호주에서 또 결혼했다는 사실에 놀란다. 아라벨라는 다시 크라이스트민스터의 술집으로 돌아가고 주드는 아라벨라와 함께 밤을 보낸 사실에 혐오감을 느낀다. 이런 순간 수가 나타난다. 수는 둘이 만나기로 했던 역에 주드가 마중 나오지 않아서 그가 다시 술을 마시는 줄 알았다고 걱정한다.

"왜 약속한 대로 어젯밤에 마중을 나와 주지 않은 거에요?"

"약속을 못 지켜 미안해. 9시에 일이 생겼고 너무 늦어져서 수가 탈 기차를 놓쳤어. 집에 오기에도 너무 늦어버렸어."

그는 아스라한 마음으로 지금 나타난 사랑하는 사람의 얼굴을 보고 그녀를 가장 사랑스럽고 사심 없는 동료라고 생각했다. 그녀는 아주 선명한 상상 속에 살고 있어서 이 세상의 존재 같지 않았다. 그래서 영혼의 떨림을 그녀의 손발에서도 꿰뚫어 볼 수 있을 정도였다. 그는 아라벨라와 함께 시간을 보낸 자신의 저급한 행실이 마음 깊이 부끄러웠다. 그의 삶에서 최근 일어났던 일들을 이미 다른 남자의 아내가 된 여자에게 털어놓는 것은 너무 조잡하고 부도덕한 일이었다. 그녀는 너무 육욕과 상관없는 존재여서 때때로 평범한 보통 남자의 아내가 된다는 게 불가능해 보였기 때문이다. 그렇지만 지금 수는 이제 필롯슨 선생의 아내였다. 이날 그녀를 바라보면서 어떻게 그녀가 아내가 될 수 있었는지 어떻게 아내의 삶을 견디고 있는지 도저히 이해할 수 없었다.

(…)

그녀는 계속 이야기했다. 그러나 주드는 여전히 그녀가 자신에 대해 이야기하지 않으려 한다는 걸 알게 되었다. 마침내 주드는 남편이 잘 계시느냐고 물어보았다.

"아, 네. 잘 계세요." 그녀가 대답했다. "온종일 학교를 지키셔야 해서 나 혼자 온 거예요. 너무 착하고 친절해서 자기 원칙에 어긋나면서까지 날 데려다주려고 학교를 한 번 닫으려 했지요. 그인 되는대로 휴일을 정하는 걸 몹시 싫어하시거든요. 그래서 그렇게 하지 말라고 말렸죠. 나 혼자 오는 게 낫다고 생각했거든요, 드루실라 고모할머님은 괴팍하시잖아요. 완전히 낯선 그이를 만나는 게 힘드실 거고 그이도 마찬가지일 것 같아서요. 또 할머닌 의식이 없을 정도니 그이한테 함께 가자고 안 한 게 다행이라 생각돼요."

주드는 필롯슨 선생에 대한 이런 칭찬을 듣고서 우울하게 걸어갔다. "필롯슨 선생님은 모든 걸 네가 하자는 대로 하겠지. 물론 그래야겠지만."

"물론이지요."

"그럼 넌 행복한 아내겠네."

"물론 그렇죠."

"아내라기보다 신부라고 해야 하겠지. 내가 그분에게 널 인도한 지 몇 주 안 되었으니."

"그래요, 알고 있어요!" 그녀의 얼굴에는 확신에 찬 자신의 말이 거짓임을 나타내는 무언가가 드러났다. 그녀의 대답은 너무 엄격하게 정확하면서도 무력하게 내뱉어져서 아내의 행실지침서에 있는 모범 연설 리스트에서 나온 것 같았다. 주드는 수의 목소리에 깃든 모든 떨림의 속성을 알고 있었고 그녀가 처한 정신적 상황의 모든 징후를 읽어낼 수 있었다. 그는 그녀가 결혼한 지 한 달도 채 안 됐지만 불행하다는 걸 확신했다. 그러나 수가 별로 가깝지도 않은 친척의 임종을 보려고 온 사실은 별 의미가 없었다. 원래 수는 그런 일을 저지를 수 있는 여자였다.

"언제고 행복하길 바랄게, 필롯슨 부인."

그녀는 흘깃 비난의 시선을 보냈다.

"아니야. 넌 필롯슨 부인이 아니야." 주드는 혼자 중얼거렸다. "넌 사랑스럽고 자유로운 수 브라이드헤드야. 네가 그걸 모를 따름이지! 아내라는 상태 때문에 네가 거대한 위 속에서 으깨지고 소화되어 개성 없는 작은 원자로 되어버리진 않았어."

그녀는 기분이 상한 표정을 짓다가 대답했다. "내가 보는 한 오빠도 남편이라는 상황이 오빠를 망가뜨리지 않은 것하고 같네요!"

"그렇지만, 난 망가졌어!" 그는 슬프게 고개를 휘저으며 말했다.

(…)

주드는 괴로워하며 말했다. "울지 마! 고모할머닌 좋은 뜻으로 말한 거야, 요즘 좀 까다롭고 이상해지시긴 했지만."

"아, 그런 게 아니야, 오빠." 수가 눈물을 닦으며 말했다. "고모할머니가 함부로 말씀하시는 건 아무렇지도 않아요."

"그럼 왜 울어?"

"고모할머님이 말씀하신 게 사실이기 때문이에요."

"맙소사, 그럼 넌 남편을 좋아하지 않는 거야?" 주드가 물었다.

그녀가 성급하게 말했다. "그런 뜻이 아녜요. 전 결혼을 하지 말았어야 하는 게 아닌가 생각하고 있어요."

아라벨라는 술집을 경영하기 위해 새 남편과 합류하러 런던으로 간다는 편지를 남긴다. 주드는 계속 신학과 교회 음악 공부에 몰두한다. 어느 날 어떤 성가에 너무도 감명을 받은 주드는 이 곡의 작곡가가 어떤 영혼의 소유자일까 궁금해한다. 그는 시간과 돈을 써가며 작곡가를 찾아간다. 그러나 실망스럽게도 성가의 작곡가는 천박하고 욕심 많은 성격의 소유자임을 알게 된다. 작곡가는 주드에게 자신은 교회 음악을 포기하고 돈이 되는 포도주 사업을 시작했다고 말하면서 상품의 카탈로그를 준다. 주드는 결국 실망하고 돌아오게 된다.

제4부
섀스턴에서

주드는 수의 요청에 따라 섀스턴의 허물어져 가는 성당에서 그녀를 만난다. 수는 주드가 성가의 작곡가를 찾아간 것에 대해 연민을 느낀다. 수는 결혼 생활에서 느낀 갈등을 이야기하며 필롯슨 부인이라고 불리는 것과 실제 자신과의 사이에 놓인 괴리감에 대해 털어놓는다. 고모할머니가 죽게 되고 장례식에 수도 온다. 주드는 고모할머니 댁에 묵고 수는 에들린 부인의 집에 머무른다. 그들은 덫에 치인 토끼의 고통스러운 비명을 듣게 되고 주드는 토끼를 덫에서 빼내준다. 창문을 통해 그들은 대화를 나누며 수의 결혼 생활이 고통스럽다는 걸 알게 된다.

어젯밤 수의 고통스러운 고백은 주드의 마음에 밤새도록 슬픈 사실로 계속 떠올랐다. 다음 날 그녀가 떠날 시간이 되자 이웃사람들은 알프레드스턴으로 난 외딴길로 접어드는 언덕길을 따라 두 사람이 사라져가는 걸 보았다. 한 시간이 지나자 그가 같은 길을 따라 되돌아오고 있었는데 그의 얼굴에는 무모할 정도의 기쁨이 배어 있었다. 하나의 사건이 일어났기 때문이었다.

그들은 조용한 도로에서 작별하려고 서 있었다. 그들은 긴장되고도 열정적인 기분 때문에 어느 정도까지 친밀함을 표시할 수 있는지 당혹스러워하며 서로 묻게 되었다. 그러다가 거의 싸울 뻔했다. 그녀는 눈물을 글썽이며 작별인사라 할지라도 키스할 생각을 한다는 건 성직 준비생한테 적절치 못하다고 말했었다. 그가 키스하기를 원했기 때문이었다. 그러다가 그녀는 키스라는 사실은 아무런 의미도 없다고 물러섰다. 모든 것은 정신이 중요한 것이기 때문이라는 것이었다. 사촌이자 친구의 정신으로 키스한다면 아무런 반대를 할 필요가 없지만, 애인의 정신으로 한다면 허락할 수 없다는 것이었다. "애인처럼 키스하지 않기로 맹세하실 거죠?" 그녀가 말했다.

그는 맹세하지 않았다. 그래서 어색한 분위기로 서로 돌아서게 되었다. 각자 20, 30야드쯤 갔을 때 두 사람은 동시에 뒤를 돌아보았다. 둘의 표정은 지금까지 이럭저럭 유지해 오던 자제력에 치명타를 가했다. 그들은 재빨리 달려와서 예고 없이 포옹했다. 그리고 오래 밀착된 키스를 나누었다. 그들이 떨어져서 다시 갈 길을 가게 되었을 때 그녀의 뺨은 상기되었고 그의 심장은 뛰었다.

그 키스는 주드의 삶의 경로에 하나의 전환점이 되었

다. 주드는 집에 돌아와 곰곰이 생각해 보고 한 가지 사실을 알게 되었다. 그 요정 같은 여인과 나눈 키스는 흠 많은 자기 삶에서 가장 순수한 순간처럼 보였다. 그러나 도저히 허용되지 않는 사랑의 감정을 품는 한, 그가 성직에 종사하려는 생각은 지독한 모순으로 생각되었다. 종교의 영역에서 성적인 사랑이란 잘해야 약점이고, 최악에는 저주로 간주되는 게 현실이었다. 수가 흥분해서 말했던 것은 사실 냉혹한 진리였다. 수에 대한 애정을 빈틈없이 지키고 그녀를 열렬히 사랑하는 데 저돌적인 힘을 다해 몰두한다면 당연히 그는 기존 도덕을 전파하는 역할에 전혀 어울릴 수 없었다. 이전에 사회적 지위 때문에 성직에 입문하지 못했듯이 지금 그의 천성도 성직자의 역할을 하기에는 부적합하다는 사실이 명백해졌다.

유능한 학자가 되려던 그의 첫 소망도 한 여자 때문에 저지되고 성직을 향한 두 번째 소망도 여자 때문에 꺾이게 된 것은 불가사의한 일이었다. 그는 혼자 중얼거렸다. "이건 여자 탓인가, 아니면 인위적인 제도 탓인가, 정상적인 성충동이 그 인위적인 제도 아래서 극악무도한 함정과 덫으로 바뀌어 더 전진하려는 사람들을 잡아두고 저지하기 때문인가?"

아무리 보잘것없지만, 자신의 사욕이 일절 없는 상태

에서 고생하는 동족들을 위해 선각자가 되는 것이 그의 오랜 소망이었다. 그러나 아내는 자신과 별거하며 다른 남편과 살고 있고 그 자신은 잘못된 사랑에 빠져 있었다. 사랑하는 수는 아마도 주드 자신 때문에 그녀가 처한 상황에 반항하는 상태였다. 이런 맥락에서 그는 정규적인 관점에서 볼 때 존경의 여지가 조금도 없는 위치로 추락한 것이었다.

더는 생각할 여지도 없었다. 법도를 준수하는 종교적 스승으로 나서기엔 자신이 이제 명백히 사기꾼이 되고 말았다는 사실을 직시하기만 하면 되었다.

그날 저녁 땅거미가 내릴 무렵 그는 뜰로 가서 얕은 구덩이를 팠다. 자신이 지니고 있던 신학 서적과 윤리학 서적들을 가지고 나와 구덩이에 쌓았다. 그는 진실한 신자들이 사는 이런 고장에서 이 책들은 파지 이상의 가격을 받을 수 없다는 걸 잘 알고 있었다. 그는 이 책들을 없애버리고 싶은 기분을 충족시키고 싶어 돈을 좀 손해 보는 한이 있더라도 자신만의 방식으로 없애버리고 싶었다. 느슨하게 제본된 팸플릿들에 불을 붙이는 걸 시작으로 그는 두꺼운 책들을 될 수 있는 한 조각조각 잘랐다. 그는 삼지창으로 책들을 불꽃 위에 던졌다. 불꽃이 일면서 집의 뒤쪽과 돼지우리, 자기 자신의 얼굴까지 환하게 밝혔다. 그리고 불꽃은 사그라져 갔다.

(…)

거의 새벽 1시가 되었을 때 제레미 테일러, 버틀러, 도드리지, 팔리, 퓨지, 뉴먼과 나머지 책들이 재로 변했다. 조용한 밤이었고 그는 종잇조각들을 삼지창으로 계속 뒤적거리며 자신이 더는 위선자가 아니라는 생각에 위안을 받았고 마음의 평정을 찾았다. 그는 예전처럼 계속 신앙을 가질 순 있겠지만, 아무것도 공언하지 않을 작정이었다. 즉 믿음을 가진 자로서 제일 먼저 자신에게 시험해 볼 만한 믿음의 장치들을 그는 이제는 가지지도 과시하지도 않을 것이었다. 그는 이제 수에 대한 열정적 사랑을 간직하고서 더는 회칠한 묘지 같은 존재[9]가 아니라 평범한 죄인으로 살아갈 수 있었다.

한편, 수는 남편 필롯슨과의 잠자리를 피하려고 찬장에 숨어 있기조차 한다. 다음 날 아침 수는 존 스튜어트 밀의 《자유

9) 〈마태복음〉 23장 27절에서 따온 표현으로 위선자라는 의미. "화 있을진저 외식하는 서기관들과 바리새인들이여. 회칠한 무덤 같으니 겉으로는 아름답게 보이나 그 안에는 죽은 사람의 뼈와 모든 더러운 것이 가득하도다."

론》을 인용하면서 필롯슨을 떠나 주드와 함께 살겠다는 의지를 밝힌다.

“리처드.”

그녀가 갑자기 남편을 불렀다.

“우리 별거를 하는 게 어떨까요?”

“나하고 헤어져 살겠다고 했소? 왜, 나랑 떨어져 사는 건 결혼 전에 그랬지, 그럼 결혼이 무슨 의미가 있단 말이오?”

“이유를 말씀드린다 해서 절 더 좋아하실 리 없죠.”

“그래도 이유를 알고 싶소.”

“별거 말고 어떻게 할 도리가 없다고 생각했기 때문이에요. 내가 오래전에 당신에게 한 약속 기억나시지요. 그런데 시간이 지나고서 난 당신에게 한 결혼 약속을 후회했어요. 그래서 그 약속을 명예롭게 깰 방법이 없나 생각했었죠. 그렇지만 전 그렇게 할 수 없었기에 다소 무모하게 굴고 관습에 개의치 않았어요. 저에 대해 어떤 추문이 퍼져 나갔는지, 당신이 시간과 공을 들여 입학시켜 주신 교육대학에서 제가 어떻게 퇴학당했는지 잘 아실 거예요. 전 그 일 때문에 놀랐고 제가 할 수 있었던 건 약혼이 유지되게 하는 것뿐이었어요. 물론 전 무슨 말이 오가든 신경 쓰지 않았어요, 그런 말들에 절대 개의치 않는다, 생각했으니까요. 그렇지만 전 겁쟁이였어요. 많은 여자가 그렇듯이 관습에 개의치 않겠다는 이론은 무너져 버렸죠. 그렇게 일이 진전되지 않았더라면 당신과 결혼해서 평생토록 당신을 아프게 하느니 그때 한 번으로 당신을 아프게 하는 게 나을 뻔했어요…. 당신은 한순간도 그 소문을 믿지 않을 정도로 관대하셨죠."

"솔직히 말하자면 그 소문에 대해 숙고해 보았고 당신 사촌한테 확인해 보았소."

"아!" 그녀는 고통스럽게 놀라면서 내뱉었다.

"난 당신을 의심하지 않았소."

"그렇지만 당신은 확인해 보았잖아요."

"난 주드의 말을 그대로 믿었소."

그녀의 눈에 눈물이 고였다. "그 사람이었으면 확인해 보지 않았을 거예요." 그녀가 말을 꺼냈다. "하지만 당신 아직도 제게 대답 안 하셨어요. 떠나도록 허락해 주실 거죠? 이런 걸 부탁하는 게 얼마나 비정상적인지도 알아요."

"그래. 비정상적이지."

"그렇지만, 부탁해요! 가정의 법도는 기질에 따라 이루어져야 하고 기질도 구별될 필요가 있다고 생각해요. 여자가 성격이 특이하다면 남자한테는 평안을 제공하는 바로 그 규율 때문에 오히려 고통을 겪어야 해요! …. 절 보내주세요!"

"그렇지만 우린 결혼한 사이잖소."

"법도나 법령 같은 게 무슨 소용이 있나요? 아무런 죄도 범하지 않았는데 법도 같은 것 때문에 비참해진다면?" 그녀가 소리를 질렀다.

"그렇지만 당신이 나를 좋아하지 않는 건 죄를 범하는 거요."

"전 당신을 진짜 좋아해요. 하지만 결혼 생활이 좋아하는 것보다 더 많은 걸 의미하게 될지 몰랐어요. 남자와 여자가 가까이 지내면서 나처럼 느낀다는 건 간음이에요. 아무리 합법적이라 해도 어떤 상황에서건 이건 간음이에요. 이제 다 털어놓고 말씀드렸어요…. 제발 절 보내주세요. 리처드."

"당신, 끈덕지게 날 괴롭히는군."

"왜 우리가 서로를 해방시키는 데 동의할 수 없나요? 우린 계약을 맺었고 확실히 취소도 할 수 있어요. 물론 합법적으로는 할 수 없지만, 도덕적으론 할 수 있어요. 돌보아야 할 자식 같은 새로운 관심거리도 없고요. 우린 친구도 될 수 있고 서로 고통을 느끼지 않고 만날 수도 있어요. 아, 리처드. 제 친구가 되어주시고 제게 연민을 베풀어주세요. 얼마 안 있어 어차피 우린 둘 다 죽을 텐데 잠시 저를 속박에서 해방시켜준다고 해서 무슨 문제가 있겠어요? 당신은 절 괴팍하고 지나치게 예민하며 터무니없다고 생각하실 거예요. 그래, 좋아요. 헌데 다른 사람들에게 상처를 주지 않는데 제가 왜 타고난 이런 기질 때문에 고통을 겪어야 하나요?"

"그렇지만 내게 상처를 주고 있지 않소! 더구나 당신은 날 사랑한다고 맹세했잖소."

"네, 그랬죠. 제가 잘못한 거죠. 전 항상 잘못하고 있어요. 항상 사랑에 자신을 얽매두는 건 늘 한 가지 신조만 믿는 것처럼 비난받을 짓이에요. 그리고 특정한 음식이나 음료를 늘 좋아한다고 맹세하는 것만큼 어리석은 짓이에요."

"그럼 당신은 나랑 헤어져 혼자 살 작정이오?"

"당신이 원하시면 혼자 살 거예요. 하지만 주드 오빠와 함께 살고 싶어요."

"그의 아내로 말이오?"

"그건 제가 선택하는 대로예요."

필롯슨은 고통스럽게 움찔했다. 수는 계속 말했다.

"여자든 남자든 자기 인생 계획을 세우는 데 세상이나 자기가 속한 세상 일부에 선택을 맡겨버린다면 단지 원숭

이 같은 모방 능력 말고는 아무것도 필요 없다고 존 스튜어트 밀이 말했죠. 제가 읽다가 발견한 말이에요. 왜 이 말대로 행동하실 수 없나요? 전 늘 이 말대로 행동하고 싶어요."

"존 스튜어트 밀이 나한테 무슨 상관이야?" 그는 신음하듯 말했다. "난 조용히 살고 싶을 따름이오. 우리 결혼 전에 내가 생각하지 못했던 걸 말하고 싶소. 당신은 주드 폴리와 사랑하는 사이였고 지금도 사랑하는 사이라는 거요."

"당신이 지금도 사랑하는 사이라 생각하신다면 계속 맘대로 그렇다고 상상하세요. 그렇지만 제가 당신 말대로 이전에 사랑에 빠졌었다면 그때 절 보내달라고, 그 사람과 같이 살게 해달라고 요청을 드려야 했었나요?"

학교 시작종이 울려 대화는 중단되고 학생들을 가르치는 동안 필롯슨과 수는 계속 쪽지를 주고받으며 대화를 나눈다. 그날 밤 필롯슨은 각방을 쓰는 데 동의한다. 그러나 필롯슨은 무심코 그들이 쓰던 침실에 들어가는데 수는 2층 창에서 밖으로 뛰어내리는 극단적인 행동을 한다. 다음 날 필롯슨은 친구인 길링엄을 찾아가 조언을 구하고 길링엄은 그런 여자는 한 대 철썩 갈겨서 제정신이 들게 해야 한다는 충고를 한다.

그러나 결국 필롯슨은 수에게 자유를 허용하고 주드에게 가도록 해준다.

필롯슨을 떠나기 하루 전 수는 주드에게 이런 편지를 썼다.

이제 오빠에게 말씀드렸던 대로 되었어요. 저, 내일 저녁에 떠나요. 리처드와 저는 해가 진 뒤에 제가 떠나면 사람들 눈에 덜 띌 수 있다고 생각했어요. 전 좀 두려워요. 그래서 오빠가 절 멜체스터 역 플랫폼으로 꼭 마중을 나와줬으면 해요. 전 7시 조금 전 도착할 거예요. 물론 사랑하는 주드 오빠가 꼭 마중을 나와줄 거라고 믿어요. 그렇지만 전 지금 소심해져서 꼭 시간 맞춰 나오시길 바라고 있어요. 그인 이번 일을 처리하는 내내 제게 친절하게 대해주셨어요.

그럼 우리 만날 때까지 안녕

수

수는 그날 저녁 승합마차에 몸을 싣고 산악 도시로부터 점점 더 아래쪽을 따라 내려가고 있었다. 마차에 손님은 수 한 사람이었고 그녀는 멀어져가는 길을 슬픈 얼굴로 바라보았다. 그러나 그녀의 얼굴에는 전혀 주저하는 빛이 보이지 않았다.

그녀가 타고 갈 상행선 열차는 신호를 보내야만 정차했다. 열차와 같이 그렇게 강력한 기구가 자신처럼 합법적인 가정으로부터 도망 나온 여자를 태우려고 일부러 멈춘다는 것이 이상하게 느껴졌다.

20분간의 여정은 끝났고 수는 열차에서 내리려고 짐을 챙기기 시작했다. 열차가 멜체스터 플랫폼에 멈춰서는 순간 열차 문을 잡는 손이 있었고 수는 곧 주드임을 알아보았다. 그는 재빨리 열차 객실 안으로 들어왔다. 손에 검은색 가방을 들고 있었고 주일날이나 일이 끝난 저녁에 주로 입는 짙은 색 양복을 입고 있었다. 그는 아주 잘생긴 젊은 남자로 보였고 그의 눈에는 그녀를 향한 열렬한 애정이 불타오르고 있었다.

"아, 주드 오빠!" 그녀는 양손으로 그의 손을 꼭 감싸 쥐었다. 그리고 긴장한 탓인지 눈물은 흘리지 않았지만 조금 흐느끼는 울음소리를 냈다.

"정말, 정말 기뻐요. 여기서 내려요?"

"아니야, 더 가야 해. 사랑하는 수! 난 짐을 다 꾸려왔어. 이 가방 말고 큰 상자 하나에 꼬리표를 붙여 실었어."

"여기서 내리는 게 아닌가요? 우리 여기서 살기로 한

게 아니에요?"

"여긴 안 돼. 여긴 우리 얼굴을 아는 사람들이 많아, 특히 날 아는 사람들은 너무 많지. 올드브리컴에 예약을 해두었어. 거기 가는 동생 열차표를 줄게. 여기 오는 차표 하나뿐일 테니."

"전 여기서 살고 싶은데요." 그녀가 반복해서 말했다.

"그건 절대 안 될 일이야!"

"아, 아마도 안 될 일이겠죠."

"함께 살기로 한 장소를 편지로 알릴 시간이 없었어. 올드브리컴은 인구가 6, 7만이 되는 아주 큰 도시야. 거기선 아무도 우리에 대해 모를 거야."

"그럼 오빠는 여기서 하던 성당 공사도 그만뒀어요?"

"그래, 갑작스럽게 그만둔 거지, 동생 편지가 갑자기 날아오는 바람에. 엄밀하게 말해서 이번 주까지 일을 끝내야 하는 건데, 급한 일이 생겼다고 사정해서 빠져나올 수 있었지. 사랑하는 수, 네 명령이라면 어떤 일도 그만둘 수 있어, 널 위해 그보다 더한 것도 버렸어!"

"전 오빠한테 해만 끼치는 것 같아요. 성직자가 되려는 오빠 앞날도 망쳐놓고 오빠 직장일도 망쳐놓았잖아요. 전부 다 망쳐놓았어요!"

"성직 따윈 이제 내겐 아무 의미도 없어, 그냥 내버려두는 거지. 난 이제 더는 열을 지어 천국을 향해 불타오르는 용사 같은 성자들[10] 중 한 사람이 되지 않아. 그런 성자들이 있다면 말이야! 이제 내 행복은 하늘에 있는 게 아니라 이 지상에 있는 거야."

"아, 난 너무 나쁜 여자 같아요. 이렇게 남자들의 앞길을 뒤집어 놓다니요!" 그녀가 말했다. 주드의 목소리에 차올랐던 감정이 그녀의 목소리에도 차올랐다. 그렇지만 12마일쯤 열차가 달렸을 때 다시 마음의 평정을 되찾았다.

(…)

주드는 생각에 잠긴 듯한 눈길로 그녀의 얼굴을 바라보았다. 그러다 갑자기 그녀에게 키스했으며 계속 키스하려 했다. "안 돼요. 이번 한 번으로 됐어요. 제발, 주드 오빠."

"좀 잔인한데"라고 주드는 대답했지만, 수의 청을 따랐다. 주드는 잠시 침묵 끝에 말을 이어갔다. "나한테 이상한 일이 있었어. 아라벨라가 이혼을 해달라고 편지를 보냈어. 자기에게 자비를 베풀어달라고 했어. 실제 결혼한 거나 다름없는 그 남자랑 또 합법적으로 결혼하길 진심으

10) 브라우닝의 시 〈조상과 흉상〉의 한 구절 인용.

로 원해. 그렇게 하도록 해달라고 사정하더군."

"그래서 어떻게 하셨어요?"

"그렇게 하라고 했어. 처음엔 좀 애를 먹인 뒤 재혼하도록 해줄까 했어. 하지만 어떻든 그녀에게 상처를 주고 싶지 않아. 어쨌든 그녀도 나하고 마찬가지 상태잖아. 다행히 이 근처에서는 아무도 아라벨라와 나에 대한 사실을 몰라. 그래서 진척시키기 어려운 일은 아닐 거야. 그녀가 새 출발을 원하면 구태여 그녀를 방해할 뚜렷한 명분이 없어."

"그럼 오빠도 자유의 몸이 되겠네요."

"그래. 나도 자유의 몸이 되겠지."

"우리 어디가 예정지예요?"

"내가 아까 올드브리컴이라고 했잖아."

"그렇지만 거기 도착하면 너무 늦지 않을까요?"

"그래. 그 생각을 했어. 그래서 템퍼런스 여관에 방 하나를 예약해 두었어."

"방 하나요?"

"그래, 하나."

그녀는 그를 쳐다보았다. "아, 주드 오빠." 그녀는 이마를 열차의 객실 모퉁이에 기댔다. "오빠가 그렇게 할 줄 알았어요. 전 오빠를 속이고 있을지도 모른다고 생각했어요. 하지만 그런 뜻은 아니었어요!"

곧 대화가 끊어졌고 주드는 건너편 좌석을 멍하니 바라보았다. 그리고 그는 "글쎄, 글쎄" 하는 말만 내뱉다가 침묵을 지켰다. 그가 당황하는 모습을 보고 수는 자기 얼굴을 그의 뺨에 갖다 대고 중얼거렸다. "화내지 마세요, 오빠."

"아. 괜찮아." 그가 말했다. "그렇지만 난 그런 걸로 알고 있었는데… 갑자기 마음이 바뀐 거야?"

"오빠는 제게 그런 걸 질문할 권리가 없어요. 대답하지 않을래요." 그녀가 미소를 지으며 말했다.

"사랑하는 동생, 동생의 행복은 내게 무엇보다도 중요한 거야. 자주 우리가 다툴 지경까지 가긴 하지만! 그리고 네 뜻은 나한테 법이나 마찬가지야. 난 내가 단순한 이기적 인간 이상이길 바라. 뭐든 네가 원하는 대로 할게!" 깊이 생각에 잠겼던 그의 이마엔 당황한 빛이 감돌았다. "그렇지만 네가 날 사랑하지 않기 때문에 그런 건 아니겠지. 또 네가 인습에 사로잡힌 건 아니겠지. 네가 날 가르쳐서 난 인습을 아주 혐오하게 되었어! 그렇지만 차라리 네가 다른 끔찍한 이유 때문에 그러는 게 아니고 인습 때문에 그러길 바라."

이처럼 명백하게 솔직해야 할 순간에조차도 수는 수수

께끼같이 불가사의한 그녀의 마음을 솔직하게 털어놓을 수 없었다. "내 소심한 성격 때문이에요." 그녀가 성급하게 도망치듯이 말했다.

"결정적 위기가 왔을 때 여자가 갖는 본능적인 소심함 때문이겠지요. 지금 이 순간부터 오빠가 생각하는 그런 관계로 오빠와 같이 살 완전한 권리가 나한테도 있답니다. 합당한 사회 상황에서 아이 아버지가 누가 될지 정하는 건 여자가 자기 속옷을 재단하는 문제만큼 개인적 문제라고 생각해요. 아이 아버지가 누군지에 대해 여자에게 결코 물어볼 권리가 없어요. 그렇지만 부분적이긴 하지만 아마도 그분이 관용을 베풀어주셔서 지금 제가 자유의 몸이 되었으니 제가 좀 고집스럽게 굴 수밖에 없지요. 만일 줄사다리가 걸쳐져 있고 그분이 권총을 가지고 우릴 뒤쫓아 왔다면 사정이 달라졌을 테고 저도 다르게 행동했을 거예요. 오빠, 제가 제 의견을 실천할 용기가 없는 거라고 생각하세요. 저도 제가 불쌍하고 비참한 인간이라는 걸 알고 있어요. 제 천성은 오빠만큼 열정적이지 못해요."

그는 단지 같은 말만 되풀이할 따름이었다. "내가 그렇게 생각했던 건, 자연스럽게 그렇게 생각했던 거야. 그렇지만 우리가 연인 사이가 아니라면 아닌 거겠지. 필롯슨 선생님은 우리가 연인 사이라고 생각한 게 확실해. 자, 봐.

뭐라고 쓰셨는지 편지 좀 봐." 그는 그녀가 가져다준 편지를 열어서 읽었다.

"한 가지 조건만 제시하겠네. 그녀에게 부드럽고 친절하게 대해주기 바라네. 난 자네가 그녀를 사랑한다는 걸 알고 있네. 그렇지만 사랑도 때때로 잔인해질 수 있는 법이네. 당신 두 사람은 서로를 위해 태어났고 이는 편견 없는 연장자의 눈으로 봐도 너무도 명백하고 뚜렷하게 보이네. 내가 그녀와 지낸 짧은 기간에 자네는 내내 그림자 같은 제3의 존재였네.[11] 다시 말하지만, 수를 잘 보살펴 주게."

주드와 수는 올드브리컴에 도착하여 수가 원하는 대로 여관에 방 2개를 구한다. 이 여관은 주드가 이전에 술집에서 아라벨라를 다시 만나 함께 투숙했던 곳이다.

그들은 다른 출입구를 통해 여관으로 들어갔고, 주드는 수에게 정신이 팔려 이곳이 거기였다는 걸 알아차리지 못했다. 그들은 각자 방을 잡아놓고 늦은 저녁을 먹으려

11) 브라우닝의 시 〈불 가에서〉에서 따온 표현.

고 아래층으로 내려왔다. 주드가 잠시 자리를 비운 사이 시중들던 여자가 수에게 말을 걸었다.

"부인. 친척이신지, 친군지, 누구신지는 모르지만, 그 손님이 전에 여기 오셨던 게 기억나요. 오늘처럼 아주 느지막이 부인하고 같이 오셨어요. 그런데 어떻게 봐도 그 부인은 지금 손님하고 다른 분이었어요. 확실해요."

수는 갑자기 역겨워졌다. "아, 그래요? 뭔가 잘못 알고 있겠죠. 그게 얼마 전인가요?"

"한 달이나 두 달쯤 되었을 거예요. 예쁘고 풍만한 몸매의 여자였어요. 둘이 이 방에 묵었어요."

주드가 돌아와 저녁 식사를 하려고 했을 때 수는 우울하고 비참해 보였다.

"주드 오빠." 그날 밤 층계참에서 헤어질 때 그녀는 슬픈 목소리로 말했다. "그전처럼 오빠랑 같이 있는 게 아주 좋고 즐겁지가 않아요. 이 여관이 싫어요. 여길 참을 수가 없어요. 그전처럼 오빠를 좋아할 수 없어요."

"왜 그렇게 변덕스러운 거야? 왜 맘이 바뀐 거야?"

"날 여기 데려오다니 너무 잔인해요."

"뭐라고?"

"오빠는 일전에 아라벨라와 이 방에 묵었잖아요. 지금 제가 말씀드린 대로죠. 그렇죠?"

"이런! 그래." 주드는 주위를 둘러보며 대답했다. "그래, 같은 방이야. 근데 진짜로 몰랐어, 수. 우린 친척으로 함께 묵어가려고 온 거니까 그렇게 잔인한 건 아니야."

"여긴 언제 묵었어요? 말해줘요, 말해줘요."

"널 크라이스트민스터에서 만나기 하루 전이었지. 그때 우린 함께 메리그린으로 되돌아갔었지. 내가 그녀를 만났다고 네게 말했었는데."

"그래요, 그 여잘 만났다고 말했었죠. 그렇지만 전부 다 말해주진 않았어요. 오빠가 한 이야기는 둘이 멀어진 사이로 만났지 결코 남편과 아내처럼 만난 건 아니었다는 거였어요. 오빠는 그 여자와 잘 지냈다고 말해주지 않았어요."

"우린 화해한 게 아니야." 그는 슬픈 목소리로 말했다. "수, 더는 설명할 수 없어."

"오빠는 제게 거짓으로 대했어요. 오빠는 제 마지막 희망인데요! 전 결코 이 일을 잊지 못할 거예요. 결코!"

"그렇지만 사랑하는 수, 네가 원하는 대로 한 거잖아, 우린 오로지 친구일 따름이지 연인이 아니잖아! 네가 그러는 건 너무 앞뒤가 맞지 않는 거야."

"친구 사이라도 질투할 수는 있어요!"

"그렇지 않아. 넌 내게 아무것도 양보하지 않으면서 난 모든 걸 네게 양보하고 있잖아. 넌 그때 남편하고 잘 지내고 있었잖아."

"아니란 말이에요. 오빠, 어떻게 그렇게 생각하실 수 있어요! 아무리 오빠가 의도적으로 그런 게 아니라도 결국 오빠는 날 속였잖아요." 그녀가 너무 화를 내서 주드는 그녀의 방으로 데려가서 다른 투숙객들이 듣지 못하도록 문을 닫아야 했다. "이게 그 방인가요? 그래요, 오빠 표정을 보니 그렇군요! 전 이 방에서 자지 않을래요. 다시 그 여자와 관계를 갖다니 오빠는 배신자예요. 전 창문 밖으로 뛰어내리기까지 했는데요!"

"그렇지만 수, 어쨌든 그녀는 법적으로 내 아내였어. 만일 실제로…."

수는 미끄러지듯 무릎을 꿇고 얼굴을 침대에 파묻은 채 울었다.

"이렇게 터무니없고 심술궂은 기분은 처음이네." 주드가 말했다. "네게 접근하지도 못하게 하고 그렇다고 다른 누구도 가까이하지 말라니!"

"내 감정 이해 못하겠어요? 왜 이해하지 못하는 거예요? 왜 그렇게 둔하신 거예요? 난 창밖으로 뛰어내렸다고요."

"창밖으로 뛰어내렸다고?"

"설명할 수 없어요."

그녀의 감정을 잘 이해할 수 없는 건 사실이었다. 그러나 그는 그녀가 조금은 이해가 되었고 다시 그녀를 사랑하는 기분이 들었다.

"난, 난 오빠가 세상에서 나 말고는 아무도 사랑하지 않고 아무도 원치 않는다고 생각했어요. 그때뿐만 아니라 지금까지도!" 수가 말을 계속했다.

"그건 사실이야. 난 예전에도 너만 사랑했고 지금도 그래!" 주드도 그녀만큼 괴로워하며 말했다.

"그렇지만 오빠는 그 여자 생각을 많이 했음이 틀림없어요. 그렇지 않다면…."

"아냐, 난 그럴 필요가 없었어. 너도 역시 나를 이해하지 못해. 여자들은 결코 이해를 못해. 아무것도 아닌 일에 왜 그렇게 화를 내는 거지?"

그녀는 침대의 이불에서 얼굴을 들어 올리고는 화난 목소리로 토라져서 말했다. "이런 문제만 아니었더라면 오빠가 제안한 대로 템퍼런스 여관으로 갔을 거예요. 난 이제 내가 오빠의 것이라고 생각하기 시작했거든요."

"아, 그건 중요한 문제가 아니야!" 주드는 냉담하게 대답했다.

"난 물론 오래전에 그 여자가 자기 발로 오빠를 떠났기 때문에 그 여자가 실제 오빠 아내라고 생각해 본 적이 없어요. 전 오빠가 그 여자랑 헤어진 거나 내가 그이랑 헤어진 건 이제 결혼이 끝났다는 것과 다름없다고 생각했어요."

"그녀에 대해 자꾸 말하면 나쁜 말만 나올 거니까 더는 말하고 싶지 않아."

그가 말했다. "그렇지만 문제를 끝낼 한 가지는 알려줘야겠어. 그녀는 다른 남자랑 결혼했어, 실제로 결혼을 했어! 아라벨라랑 내가 여기 다녀갈 때까지 까맣게 몰랐었어."

"다른 남자랑 결혼했다고요…? 그건 범죄예요. 세상 법도로 보면요. 그렇지만 사람들은 그런 사실을 믿지 않을 걸요."

"이제 다시 네 모습으로 돌아왔네, 그래 그건 범죄야, 동생이 그렇지 않다고 주장하지만 두려워하며 인정해야 하는 범죄지. 그렇지만 난 절대 그녀를 고발할 생각은 없어! 그 남자와 합법적으로 재혼하려고 내게 이혼을 재촉하는 건 분명히 양심의 가책을 느껴서일 거야. 이제 너도 내가 다시 그 여자를 볼 일이 없을 거라는 걸 알았겠지."

"그럼 오빠는 그 여자를 만났을 때 정말 그런 사실을 몰랐던 거예요?"

수는 일어나면서 좀 더 부드럽게 말했다.

"몰랐어, 이런 모든 사실을 생각해 보면 화낼 게 아무것도 없어, 요 귀여운 것."

"화 안 났어요. 하지만 템퍼런스 여관엔 가지 않겠어요."

그는 웃었다.

"걱정하지 마! 네가 내 곁에 있으면 난 행복해. 넌 나라는 비참한 속물에겐 과분하지. 넌 정령이고, 육체를 벗어난 사람, 사랑스럽고 귀엽고 내 애간장을 태우는 환영, 넌 육체가 없는 것과 같아. 그래서 내가 널 안으면 내 팔은 공기를 지나가듯이 네 몸을 뚫고 지나가 버리는 것만 같아. 너도 그렇게 말했었지만 내가 거칠었던 걸 용서해 줘. 사실 서로 남남인데 사촌이라고 부르는 사실은 하나의 덫에 불과해. 우리 부모들이 서로 반목했던 사실 때문에 수는 내 눈에 강한 자극으로 다가왔어. 그런 느낌은 보통 서로 처음 만나서 느끼는 신기함보다 훨씬 더 강렬했어."

"셸리의 시 〈에피사이키디언〉의 아름다운 구절들은 꼭 저를 가리키는 것 같아요."

그녀는 선 상태로 주드에게 가까이 몸을 기울이며 "그 구절 모르세요?" 하고 물었다.

"나는 아는 시가 거의 없어." 그는 슬픈 듯 대답했다.

"그래요? 이런 구절들이 있어요."

아득하게 높이 상상 속에 방랑하던
내 영혼이 자주 만나는 한 존재가 있었노라.
눈부신 여자의 형상 아래 가려진,
인간이라고 하기엔 너무도 부드러운, 천상의 천사.

"너무 과찬이어서 그만둘래요. 하지만 이 구절이 바로 나라고 말해줘요. 나라고 말해줘요!"

"그래 내 사랑, 꼭 너랑 같아!"

"이제 오빠를 용서하겠어요! 그리고 여기 한 번 키스해도 좋아요. 너무 길지 않게."

그녀는 조심스럽게 자기 뺨에 손가락 끝을 갖다 대었다. 주드는 시키는 대로 했다.

"오빠는 날 무척 사랑하시죠. 내가 오빠가 바라는 대로 하지 않더라도…. 무슨 말인지 아시죠?"

"그럼, 귀여운 것!"

그는 한숨을 쉬었다. 그리고 그녀에게 잘 자라는 인사를 했다.

아내가 다른 남자와 함께 살러 간 사실 때문에 섀스턴 마을 사람들은 필롯슨에 대해 수군대기 시작한다. 어느 날 이사장이 학교를 방문해 사실을 확인하고 간 후 해직 통고문이 이사회에서 도착한다. 이를 수락할 수 없다면 공개적인 회의를 가질 수도 있다는 사실에 그는 길링엄의 만류에도 불구하고 회의에 참석한다. 회의 중 존경받고 덕망 있는 마을 사람들은 모두 필롯슨에 반대하는 편이고, 마을의 뜨내기 부랑자들은 그의 편을 든다. 서로 논쟁을 벌이다 결국은 난투가 벌어지고 필롯슨은 권고사직을 거절한 사실을 후회하며 돌아온다. 이 난투의 충격으로 그는 앓아 드러눕게 된다. 길링엄이 수에게 편지를 써 간호를 부탁하고 수는 필롯슨을 돌보러 온다.

필롯슨은 서글픈 미소를 지었다. "당신은 참 이상한 사람이구려." 석양빛이 이글거리며 그의 눈에 비치는 동안 그가 말을 꺼냈다. "그런 일이 있었는데도 날 찾아오다니!"

"그 일은 얘기하지 말기로 해요!" 그녀가 재빨리 말했다. "제가 여기 온 걸 주드 오빠는 모르고 있어서 역까지 가는 마차를 타야 해요. 제가 출발했을 때 오빠는 출타 중이었어요. 그래서 곧장 집으로 돌아가야 해요. 리처드, 당신 몸이 나아서 정말 다행이에요. 잘 미워하지 않으실 거죠? 당신은 제게 너무도 다정한 친구셨어요."

"당신이 그렇게 생각하고 있다니 나도 기뻐." 필롯슨이 목쉰 소리로 말했다. "그래, 난 당신을 미워하지 않아!"

그들이 띄엄띄엄 대화를 나누는 사이 음울한 방 안이 갑자기 어두워졌다. 방 안에 촛불이 켜졌고 떠날 시간이 되자 그녀는 그의 손에 자기 손을 얹었다. 아니, 사실 그녀의 손은 그의 손을 잠시 스치고 지나갔을 따름이었다. 그녀는 신체 접촉을 할 때 유달리 재빨랐기 때문이었다. 그는 그녀가 문을 완전히 닫으려는 순간 그녀를 불렀다. "수!" 그녀가 몸을 돌려 나갈 때 눈물이 그녀의 얼굴에 배어 있고 입술이 떨리는 걸 보았던 것이다. 그녀를 다시 부른다는 건 좋지 못한 술책이라는 걸 알았지만 그렇게 하지 않을 수 없었다. 그녀는 되돌아왔다.

그는 중얼거렸다. "수, 우리 화해하고 여기서 살면 어때? 당신을 용서하고 모든 허물을 덮겠소."

"아, 그러실 수 없어요, 안 돼요." 그녀가 성급히 말했다. "지금 와서 모든 걸 용서하실 수 없어요."

"그럼 그 사람은 지금 실질적으로 당신 남편이란 말이오?"

"그렇게 생각하셔도 좋아요. 그 사람은 지금 자기 아내 아라벨라와 이혼 수속 중이니까요."

"그 사람 아내라고! 아내가 있었다는 건 전혀 몰랐는

걸."

"그건 잘못된 결혼이었어요."

"당신 결혼처럼 말이지."

"제 결혼처럼. 오빠는 자신보다는 아라벨라를 위해서 이혼을 진척시키고 있어요. 그 여자가 편지를 보내서 이혼해 주는 게 자기에게 호의를 베푸는 거라고 했어요. 이혼해 줘야 재혼해서 모양새 있게 살 수 있으니까요. 주드 오빠는 그 말에 동의했어요."

"아내에게… 아내에게 호의를 베푼다고! 아 그래, 호의를 베풀어 완전히 해방시켜주는 것…. 그런데 그 소린 별로 듣기 좋지 않군. 수, 난 당신을 용서하겠소."

"아뇨, 아뇨. 이제 당신은 절 다시 되돌릴 수 없어요. 전 너무도 사악했어요. 제가 저지른 짓을 생각하면…."

필롯슨이 친구에서 남편으로 변할 적마다 그녀의 얼굴에는 공포감이 서렸다. 그녀는 그에게서 결혼에 대한 감정이 일어날 때마다 그걸 막는 어떤 방어선이든 취했다.

"이제 가야 해요. 다시 오겠어요, 와도 되죠?"

"지금도 난 당신에게 가라고 하지 않아요. 가지 말고 여기 있어줘요."

"고마워요, 리처드. 그렇지만 가야 해요. 제가 생각했던 것만큼 많이 편찮으신 건 아니니까. 전 여기 머물 수 없어요."

"이제 그녀는 그의 여자야. 입술부터 발끝까지!" 필롯슨이 이렇게 말했지만 너무 약하게 내뱉어서, 가려고 문을 닫는 동안 그녀는 그 말을 듣지 못했다.

그녀가 돌아가고 길링엄이 왔을 때 필롯슨은 결국 수를 놓아주어야 할 것 같다고 말한다. 그래야만 그녀가 행복해질 기회를 얻을 수 있다고 믿으며 자신이 이혼해 주면 수가 주드와 결혼할 수 있다고 말한다.

제5부
올드브리컴과 여러 곳을 떠돌며

이듬해 2월에 수와 주드는 올드브리컴에서 살고 있다. 이곳으로 필롯슨과 수의 이혼 판결 공문서가 도착했다. 또한, 주드가 아라벨라를 상대로 제기한 이혼소송도 두 달 전쯤에 같은 결과를 얻었던 터였다. 결국, 두 사람은 각자 이혼한 상태로 자유의 몸이 된 것이다. 하지만 수는 결혼에 대해 부정적이며, 다시 법적인 결혼에 묶이면 진정한 사랑을 잃을 것 같다고 생각한다. 주드와 수는 육체관계 없이 동거하고 있다. 주드는 독립해서 묘비를 만들고 묘비명 새기는 일을 하는데 수도 이 일을 돕고 있다.

그달 끝 무렵의 저녁나절이었다. 주드는 멀지 않은 공회당에서 고대 역사에 대한 강의를 듣고 막 집으로 돌아왔다. 집 안으로 들어왔을 때 그가 없는 동안 집에 있던 수가 저녁 식사를 차려주었다. 그녀는 평상시와 달리 말이 없었다. 주드는 삽화가 들어 있는 신문을 집어 들고 이리저리 훑어보다가 눈을 들어 수를 보았다. 수의 얼굴엔 고통스러운 표정이 서려 있었다.

"수, 기분이 우울한 거야?" 그가 물었다.

그녀는 잠시 말이 없다가 "당신에게 전할 말이 있어요"라고 대답했다.

"누가 날 찾아온 거야?"

"그래요, 여자예요." 이 말을 할 때 수의 목소리는 떨렸으며, 저녁을 준비하던 걸 갑자기 멈추고 손을 무릎 위에 얹고 앉아서 벽난로에 지펴진 불 속을 들여다보았다. "제가 잘한 건지 잘 모르겠어요. 당신이 집에 없다고 말했어요. 그 여자가 당신을 기다리겠다고 했을 때 만나기 어려울 거라고 이야기했어요."

"왜 그렇게 했어? 그 여자는 묘비를 맞추려 했던 게 아니었을까, 상복을 입지 않았어?"

"아뇨, 상복을 입지 않았고 묘비가 필요한 것도 아니었어요."

수는 그를 비난하듯이, 한편으로는 애원하듯이 바라보았다. "그런데 그 여자가 누구였어? 자기가 누군지 말 안 해?"

"네, 그 여자는 자기 이름을 대려고 하지 않았어요. 하지만 그 여자가 누군지 알아요. 알 수 있어요. 바로 아라벨라였어요!"

"맙소사, 아라벨라가 왜 왔대? 당신은 그 여자가 왜 아라벨라라고 생각한 거야?"

"아, 말씀드리기 어려워요. 하지만 난 그녀인 줄 알았어요. 확실히 알았어요. 그 여자가 날 쳐다볼 때 눈빛으로요. 그 여자는 육감적이고 상스러운 여자였어요."

"글쎄, 아라벨라를 정확하게 상스럽다고 할 순 없어, 말투를 제외하곤 말이야. 하긴 술집에서 일하다 보니 지금은 그럴 수도 있겠지. 내가 그녀를 알고 있었을 때만 해도 예쁜 편이었지."

"예쁘다고요. 그래요. 그래요, 그 여잔 예뻐요."

"당신의 조그만 입에서 떨리는 소릴 들은 것 같아. 그건 그렇고 그 여자는 이제 나한테 아무 의미도 없어. 실제로 다른 남자와 결혼했어. 그런데 왜 우리를 괴롭히러 오겠어?"

"그 여자가 결혼한 게 확실해요? 확정적인 소식을 들은 거예요?"

"아니. 확정적인 소식은 못 들었어. 그렇지만 결혼하기 위해 나한테 자기를 해방시켜 달라고 한 거겠지. 그 여자와 그 남자는 둘 다 품위 있는 삶을 원했던 거겠지."

"아, 주드 오빠, 그건, 그건 아라벨라였어요." 수가 손으로 눈을 가리며 외쳤다. "전 너무 비참한 기분이에요. 무엇 때문에 왔는지 모르지만, 너무 불길한 징조 같아요. 당신 그 여자를 안 만날 거죠. 그렇게 해줄 거죠?"

"그래, 만나지 않을 거야. 지금 그녀와 이야기를 나누는 건 너무 고통스러운 일이야. 나도 그렇지만 그녀를 위해서도 말이야. 어쨌든 그녀는 가버렸잖아. 다시 온다고 했어?"

"아니요. 그렇지만 아주 마지못해 가는 것 같았어요."

아주 작은 일에도 동요되는 수는 저녁을 조금도 먹을 수 없었다. 주드는 저녁 식사를 끝내고 잠자리에 들 준비를 했다. 벽난로의 불을 끄고 문을 잠그고 나서 층계를 다 올라갔을 때 문을 두드리는 소리가 들렸다. 수는 막 들어갔던 그녀의 방에서 곧장 뛰어나왔다.

"그 여자가 다시 왔어요." 수가 소스라치게 놀란 억양으로 속삭였다.

"어떻게 알아?"

"아까도 저렇게 문을 두드렸어요."

귀를 기울이자 문 두드리는 소리가 다시 들렸다. 이 집에는 하인이 없어서 문 두드리는 소리에 응대하려면 둘 중 하나가 직접 나가보는 수밖에 없었다. "내가 창문을 열어 볼게." 주드가 말했다. "누구든 이 시간에 집에 들어오게 할 순 없으니까."

그래서 주드는 자기 방으로 들어가서 창틀을 들어 올

렸다. 일찍 잠자리에 드는 노동자들이 사는 쓸쓸한 거리는 길 전체가 텅 비어 있었다. 그 거리에 한 사람의 형체가 보였다. 한 여자가 몇 야드 떨어진 가로등 곁을 왔다 갔다 하고 있었다.

"거기 누구요?"

"폴리 씨세요?" 여자 목소리가 들렸고 그건 틀림없는 아라벨라의 목소리였다.

주드가 그렇다고 대답했다.

"그 여자예요?" 수가 문간에서 입을 벌린 채 물었다.

주드가 말했다. "그래. 아라벨라, 무슨 일이오?" 그가 물었다. "이렇게 방해해서 미안해요. 주드." 아라벨라가 겸손하게 말했다. "그렇지만 아까도 찾아왔었어요. 오늘 밤 특별히 좀 당신을 만나봐야 할 일이 있어요. 난 지금 힘든 처지에 있고 아무도 도와줄 사람이 없어요."

"힘든 처지라고?"

"네."

침묵이 흘렀다. 주드의 가슴속엔 그런 호소를 듣자 불편한 동정심이 솟아오르는 것 같았다. "그런데 당신 결혼하지 않았어?" 그가 물었다.

아라벨라는 머뭇거렸다. "아니요. 주드, 난 결혼 안 했어요." 그녀가 대답했다. "그 남자가 결국 결혼하지 않겠다는 거예요. 그래서 난 지금 무척 어려운 처지에 빠졌어요. 난 곧 술집 종업원 자리를 구하려고 해요. 하지만 시간이 걸릴 것 같아요. 호주에서 내가 갑자기 책임져야 할 일이 생기는 바람에 정말로 힘든 지경에 있어요. 그런 문제가 없었더라면 전 당신을 힘들게 하지 않을 거예요. 정말로 당신을 힘들게 하지 않을 거예요. 그 일에 대해 당신에게 이야기했으면 해서요."

수는 고통스러운 긴장 상태에서 계속 바라보고 있었다. 한마디도 놓치지 않고 둘의 대화를 다 듣고 있었으나 일체 말은 하지 않았다,

"돈이 궁한 거요, 아라벨라?" 주드가 아주 부드러운 어조로 물어보았다.

"오늘 밤 숙박비 치를 돈은 충분해요. 그렇지만 돌아갈 여비는 충분하지 않아요."

"지금 어디서 살고 있소?"

"아직 런던에서 살아요." 그녀는 막 주소를 알려주려다 말았다. "누군가 들을까 봐 두려워요. 난 내 신상에 관한 걸 큰 소리로 외치고 싶지 않아요. 내려와서 오늘 밤 묵을 프린스 여관 방향으로 같이 좀 걸어가 주시면 모든 걸 말씀드릴게요. 옛정을 생각해서라도 그렇게 해주셔야 해요."

“가엾은 여자, 무슨 일인지 들어줄 정도의 친절은 보여줘야 해.” 주드는 아주 당혹스러워하며 말했다. “내일 돌아갈 거니까 큰 문제는 없을 거야.”

“하지만 내일 만나러 가도 되잖아요. 주드 오빠, 지금은 가지 마세요. 오빠!” 문간에서 호소하는 듯한 목소리가 들렸다. “아, 당신을 올가미에 걸려들게 하려는 거예요. 난 알아요. 전에도 그랬었잖아요. 가지 말아요. 가지 마세요. 오빠! 그 여자는 너무 저속한 욕정을 갖고 있어요. 그 여자 모양새에서도 목소리에서도 그걸 느낄 수 있어요.”

“그렇지만 난 가야 해.” 주드가 말했다. “날 붙잡지 말아줘, 수. 난 지금 그녀를 전혀 사랑하지 않아. 그렇지만 그녀에게 잔인하게 굴고 싶지는 않아.” 그는 계단으로 몸을 돌렸다.

(…)

“아라벨라는 나한테 도와달라고 하소연했어. 수, 최소한 나가서 그녀의 이야기를 들어줘야 할 것 같아.”

“난 더 할 말이 없어요! 아, 꼭 그래야 한다면 가실 수밖에 없겠죠!” 그녀는 가슴이 찢어지는 듯 흐느끼며 말했다. “주드 오빠, 난 당신밖에 없어요. 날 버리시는 거예요? 당신이 이런 사람인 줄 몰랐어요. 전 참을 수가 없어요. 참을 수가 없다고요! 그 여자가 당신 여자라면 이야기가 다르지만!"

"그럼 당신이 내 여자가 되어준다면."

"좋아요. 내가 오빠 여자가 돼야 한다면 그래야겠지요. 당신이 그렇게 하고 싶으면 따를게요. 당신 생각에 따를 생각은 없었지만요. 다시 결혼할 생각도 없었고요…. 그렇지만 네, 그렇게 할게요. 그렇게 할게요. 정말 당신을 사랑해요. 이렇게 살다가 당신이 결국은 날 정복하고 말 걸 알았어야 했어요."

수는 뛰어가서 그의 목에 팔을 감았다.

"내가 당신에게 계속 거리를 두었다고 해서 차갑고 성적인 감정이 없는 여자는 아녜요. 난 당신이 그렇게 생각하지 않으리라는 걸 확신해요. 자, 두고 봐요. 난 정말 당신 거예요. 그렇죠? 제가 항복할게요."

"그러면 내일이라도, 아니면 당신이 원하는 시간에 빨리 결혼에 대해 알아보자."

"그래요, 주드 오빠."

"그럼 그 여자를 그냥 보낼게." 그는 수를 부드럽게 껴안으며 말했다. "난 그 여자를 만나는 게 당신에게 부당하다고 느껴, 그 여자에게도 부당하고. 그 여자는 당신하곤 달라, 과거에도 달랐지만. 이렇게 말해야 겨우 공평하게 말하는 게 되지. 사랑하는 수. 자, 더는 울지 마, 자, 자,

뚝!" 그는 수의 양쪽 뺨에 차례로 키스하고 얼굴 가운데에도 키스했다. 그리고는 다시 앞문을 걸어 잠갔다.

주드와 수는 육체관계를 맺게 되고 다음 날 수는 아라벨라를 방문하는데, 아라벨라는 새 남편 카트렛이 그녀와 재혼하겠다는 소식을 담은 전보를 받는다. 아라벨라는 수에게 곧 주드와 결혼하라고 충고하고 떠난다. 주드와 수는 결혼 절차를 위해 교구 사무실까지 가지만 수의 법적인 결혼에 대한 두려움과 혐오감 때문에 절차를 미루고 다시 돌아온다. 이처럼 결혼을 미루던 중 둘은 지역 신문에 난 아라벨라와 카트렛의 결혼 소식을 접하게 된다. 그런데 주드에게 보낸 편지에서 아라벨라는, 주드와 헤어지고 나서 호주에서 주드의 아이를 낳았으며 이제 이 아이를 맡아달라고 한다. 수는 아이를 맡는 것에 동의하고 별칭 꼬마 영감이라는 아이가 주드와 수에게 보내진다. 눈이 크고 창백하며 이상하게 조숙해 보이는 분위기의 이 아이에게 수는 연민을 느낀다. 그 아이는 수를 어머니라고 부르고 수는 이 아이를 위해 정식 결혼을 해야겠다고 생각한다.

두 사람의 두 번째 결혼 시도는 좀 더 신중하게 이루어졌다. 비록 두 번째 시도가 이 이상한 아이가 집에 도착한

다음 날 아침에 있긴 했지만 말이다. 그들은 아이가 이상하고 섬뜩한 표정을 짓고 말없이 앉아 있는 습관이 있다는 걸 발견했다. 또한, 그 아이의 눈은 실제 세상에서 볼 수 없는 것들에 머물고 있다는 걸 알게 되었다.

"그 애 얼굴은 멜포메네[12]의 비극적 얼굴 같아요"라고 수가 말했다. "얘야, 네 이름이 뭐니? 우리한테 말해줬니?"

"사람들이 항상 '꼬마 영감'이라고 불렀어요. 별명이에요. 내가 너무 나이 들어 보인다고 그렇게들 부른대요."

"그런데 넌 말투도 나이 든 사람 같구나." 수가 부드럽게 말했다.

"오빠, 참 이상한 건, 이렇게 기이하게 나이 들어 보이는 애들은 대부분 새로운 나라에서 온다는 사실이에요. 그런데 너의 세례명은 뭐지?"

"세례를 받지 않았어요."

"왜 안 받았지?"

"왜냐하면 세례를 안 받고 저주받은 상태로 죽으면 기독교식 장례 비용을 절약할 수 있기 때문이에요."

"오, 그럼 네 이름은 주드가 아니구나." 아이의 아버지

12) 그리스신화에 나오는 뮤즈. 학예 영역을 관장하는 뮤즈 가운데서 비극을 주관한다.

는 약간 실망하며 물었다.

아이가 머리를 흔들었다. "그런 이름 들어본 적 없어요."

"물론 들어보지 못했겠죠." 수가 재빨리 말했다. "그 여자는 당신을 항상 미워했을 테니까요."

"우리 이 아이를 세례 받게 해주자." 주드가 말했다. 그리고 수에게는 따로 은밀하게 말했다. "우리가 결혼하는 날 세례를 받게 하자고."

그러나 그 아이의 출현으로 주드는 심란해졌다. 그들의 동거하는 처지가 부끄러웠으며, 그래서 교회에서 올리는 결혼식보다는 등록 사무소에서 올리는 결혼식이 더 은밀하게 진행될 수 있다고 생각해서 이번엔 교회를 피하기로 했다. 수와 주드는 그 지역의 등록 사무소에 함께 가서 결혼 예고를 통지했다. 그들은 이제 정말 동지처럼 되어 항상 중요한 일을 할 때면 둘이 함께하지 않을 수 없었다.

(…)

결혼 증서가 나오기 전까지 수는 집안일 때문에 가끔 등록 사무소 앞을 지났다. 그녀는 은밀하게 등록 사무소 안을 들여다보고 그들의 결합을 매듭지으려는 공고가 벽에 붙어 있는 걸 보았다. 그녀는 그 공고를 볼 때마다 견딜 수가 없었다. 예전에 결혼한 경험이 있었기에 자신의 현재 상황을 같은 범주 안에 둘 경우 그들 사랑의 모든 낭만적인 감정은 사라져버릴 것 같았다. 그녀는 보통 꼬마 영감의 손을 잡고 다녔기 때문에 사람들은 그 아이를 그녀의 아들로 여길 거라고 생각했다. 그래서 그녀는 예정된 결혼식을 옛날의 잘못에 대한 보상으로 생각했다.

그 사이 주드는 메리그린에서의 어린 시절과 연결되는, 이 세상에 남은 유일한 사람을 결혼식에 초대해서, 미약하나마 자신의 현재를 과거와 이어보리라 결심했다. 그 분은 고모할머니의 친구 분이자 할머니의 임종 때까지 돌보아 주신 에들린 부인이었다. 에들린 부인은 연로한 과수댁이었다. 그분이 와주시리라고는 거의 기대를 하지 않았는데 그분은 특이한 선물들을 가지고 도착했다.

에들린 부인은 폴리 집안에 얽힌 비극적인 결혼 생활에 대해 이야기한다. 가출한 아내, 아이의 죽음, 교수형 당한 남편, 미친 아내 등의 일화를 듣게 된다.

다음 날 아침, 수는 점점 더 신경이 예민해졌다. 그녀는 집을 나서기 전에 은밀하게 주드를 거실로 데려갔다. "오빠, 애인처럼 키스해 줘요. 영적인 키스를요." 그녀는 속눈썹이 젖은 채 떨면서 주드에게 바싹 다가갔다. "이제 다시는 이렇지 않겠죠, 그래요! 우린 결혼하는 일을 시작하지 말 걸 그랬어요. 그렇지만 이제 계속 진행해야겠지요. 어젯밤 부인이 해준 이야기는 너무 끔찍했어요. 그 얘기는 오늘 내 생각들을 다 망쳐놓았어요. 그 이야기를 들으니 아트레우스[13] 집안처럼 우리 집안도 비극적인 불운이 감도는 것처럼 느껴졌어요."

"또는 여로보암의 집안[14]처럼 말이야"라고 신학자였던 주드가 말했다.

"그래요, 우리 둘이 결혼하러 간다는 게 끔찍하게 무모한 짓 같아요! 전남편에게 서약했던 것과 같은 말로 당신에게 서약하고, 당신도 전 부인에게 서약했던 것과 같은 말로 내게 서약하게 되겠죠. 우리가 벌써 이전에 겪어봐서 하지 말아야 한다는 교훈을 얻었으면서도 말이에요."

"당신이 불안하다면 나도 행복하지 않아." 그가 말했

13) 그리스 전설에서 아트레우스 집안은 저주받은 집안으로 재앙이 끊이지 않았다.

14) 〈열왕기상〉 14장 10절 참조. "그러므로 내가 여로보암의 가문에 재난을 내리겠다. 여로보암 가문에 속한 남자는, 종이거나 자유인이거나 가리지 않고, 이스라엘 가운데서 모두 끊어버리겠다. 마치 사람이 쓰레기를 깨끗이 쓸어버리듯이, 여로보암 가문에 사람을 하나도 남기지 아니하고, 다 쓸어버리겠다."

다. “나는 당신이 아주 기뻐하길 바랐어. 그렇지만 당신이 기쁘지 않다면 실제 기쁘지 않은 거지. 기쁜 척할 필요는 없어. 당신에게 음울한 일이면 그건 나한테도 음울한 일이야!”

“이전 아침 우리가 결혼하려 했을 때처럼 기분이 좋지 않아요. 그뿐이에요.” 그녀는 중얼거렸다. “이제 가요.”

등록 사무실에 도착한 그들은 불쾌한 기분으로 다른 한 쌍의 결혼식을 지켜본다. 그러다가 등록 사무실보다 교회가 낫겠다고 생각해 교회에 들어가 다시 다른 한 쌍의 결혼식을 지켜본다.

“불쌍한 신부, 저 여자한테 결혼식은 지금 내가 결혼에 대해 알고서 다시 치르려는 결혼식하고 달라요.” 수가 속삭였다. “저 사람들은 이 일이 처음이죠. 그래서 이 절차들을 당연한 걸로 받아들이고 있어요. 하지만 우리처럼, 아니면 적어도 저 일을 경험한 나처럼 결혼이 무섭도록 엄숙하다는 걸 깨닫게 되면, 그리고 때때로 너무 까다로워지는 내 감정을 생각해 보면, 눈을 뜨고 내 발로 걸어 들어가 다시 같은 짓을 한다는 게 정말 부도덕한 것 같아요. 등록 사무소에서 다른 결혼식을 보고 두려움을 느꼈던 만큼 지금 이 교회에서 또 결혼식을 보니까 너무도 두려워요…. 오빠, 우린 나약하고도 겁 많은 한 쌍이에요. 난 다른 사람들이 확신하는 것에 의심이 가요. 난 결혼이라는 사업 계약의 야비한 조건에 다시 거부감이 들어요!"

그들은 웃으려 했고 눈앞의 대상들이 주는 교훈에 대해 소리 죽여 논의를 계속했다. 주드는 자기 생각에도 자신들 둘 다 너무 예민해서 결코 세상에 태어나지 말았어야 했으며, 둘이 할 수 있는 모험들 가운데 제일 터무니없는 짓, 다시 말해 결혼을 하러 오지 말았어야 했다고 말했다.

(…)

수는 여전히 자신들이 이상하거나 이례적인 사람들이 아니라고 주장했다. 다른 사람들도 다 마찬가지라는 것이었다. "모든 사람도 우리가 느끼는 것처럼 느끼게 돼요. 우리가 시대보다 좀 앞서가는 것뿐이에요. 오십 년, 백 년 뒤에, 저기 결혼하는 두 사람의 후손들은 우리보다 더 좋지 않게 행동하고 느끼게 될 거예요. 그 후손들은 우리가 지금 보는 것보다 더 뒤죽박죽인 인간들을 보게 될 거예요. 우리 자신 같은 형상의 인간들이 끔찍하게 늘어나니[15] 다시 자신과 같은 자손들을 만들어내기 두려울 거예요."

(…)

"아녜요. 우리 결혼하지 말아요." 그녀가 계속 말했다. "적어도 지금은 결혼하지 말아요."

(…)

그들은 집으로 돌아왔다. 팔짱을 끼고 창가를 지나가다가 에들린 부인이 그들을 보고 있다는 걸 알았다. 그들이 집 안으로 들어오자 부인이 소리쳤다. "그렇게 사이좋게 들어오는 걸 보고 '드디어 결정했구나!'라고 혼잣말을 했지."

그들은 아직 결혼을 하지 않았다고 간단하게 일러주었다.

"뭐라고…. 정말 아직 안 했다고? 원 이런! 서둘러서 결혼하고 천천히 후회하라는 좋은 옛말이 너희 두 사람 때문에 이렇게 망쳐지는 꼴을 보도록 오래 살다니! 메리그린으로 돌아가야겠어. 새로운 생각들이 이런 행동으로 옮겨진다면 말이야. 우리 젊은 시절에는 아무도 결혼을 무서워 않았어. 대포알 정도나 찬장이 텅 비어버린 것 빼고는 무서워할 게 없었어! 나와 우리 가엾은 양반이 결혼했을 때 우린 구슬 놀이하는 것처럼 생각했었지."

15) 셸리의 시 〈이슬람의 반란〉의 한 구절.

"아이가 들어오면 말하지 마세요." 수가 초조하게 속삭였다. "그 앤 모든 게 다 잘되었다고 생각할 거예요. 아이가 놀라고 당혹스러워하면 안 되니까 말하지 않는 게 나을 거예요. 물론 다시 생각해 보려고 결혼을 미룬 것뿐이에요. 지금처럼 행복하다면 결혼을 안 한들 무슨 상관이 있겠어요?"

웨섹스의 농업 박람회가 열리고 주드와 수, 꼬마 영감은 이리저리 구경하면서 행복한 시간을 보낸다. 아라벨라와 그녀의 새 남편 카트렛도 이 박람회에 구경 온다. 카트렛이 술만 마시는 데 비해 주드가 수에게 홀려 있는 듯한 모습에 아라벨라는 질투심을 느낀다. 아라벨라는 이들이 결혼하지 않았으리라고 생각한다. 그녀는 주드를 다시 차지하고 싶어져 돌팔이 약장수 빌버트에게서 사랑의 묘약이라는 물약을 산다.

특별해 보이는 이 부부와 소년은 아직도 꽃들로 가득한 천막 안을 돌아다니고 있었다. 고상한 그들의 취향으로 볼 때 그 안은 마술에 걸린 성으로 보였다. 보통 때 창백한 수의 뺨에는 그녀가 구경하는 장미의 분홍빛 색조가 반사되었다. 유쾌한 광경, 공기, 음악, 주드와 외출한 날의 흥분 때문에 그녀의 피는 빨리 돌았고 그녀의 눈은 생기로 가득 차서 빛나고 있었다. 그녀는 장미 꽃송이들을 구경하며 감탄하고 있었으며, 아라벨라는 수가 여러 품종의 장미 이름을 익히면서 주드를 붙잡아 두는 걸 목격했다. 수는 장미꽃 향기를 맡으려고 얼굴을 꽃송이 가까이에 갖다 대고 있었다.

"꽃 속에 얼굴을 완전히 묻어버렸으면 좋겠어요. 너무 사랑스러워요!" 그녀가 말했다. "그런데 이 꽃들에 손대면 규율 위반이죠, 여보?"

"그래, 이 귀여운 아가야." 그는 장난스럽게 그녀를 조금 떠밀었고 그녀의 코가 꽃잎들 사이로 들어갔다.

"경찰이 우릴 야단치면 내 남편 잘못이라고 말할 거예요!"

그녀는 고개를 들어 그를 쳐다보고 미소를 지어 보였다. 그 표정은 너무도 많은 것을 아라벨라에게 시사해 주고 있었다.

"행복해?"

그가 물었을 때 그녀는 고개를 끄덕였다.

"왜? 당신이 웨섹스 농업 박람회에 와서야? 아니면 우리가 함께 온 것 때문이야?"

"당신은 늘 내가 온갖 어리석은 고백을 하게 만들어요. 난 물론 이런 증기기관 경작기나 탈곡기, 건초 절단기, 소,

돼지, 양들을 보고 기분이 좋아졌어요."

주드는 늘 알 수 없는 이 동반자의 회피조인 애매한 대답에 아주 만족했다. 그러나 그가 질문한 걸 잊어버리고 더는 대답을 원하지 않게 되자 그녀는 계속 말했다. "난 우리가 그리스 시대의 환희로 돌아간 느낌이에요. 그래서 우린 고통과 슬픔을 잊고 크라이스트민스트터의 한 선각자[16)]가 말한 것처럼 인류 역사 이래 25세기의 세월 동안 인간이 배운 걸 다 잊어버린 것 같아요…. 그렇지만 바로 눈앞에 어두운 그림자가 하나 있죠. 오로지 하나요." 그녀는 조숙해 보이는 아이를 바라보았다. 이들은 아이의 지적 흥미를 유발할 수 있는 모든 걸 다 해주었지만, 이 아이의 흥미를 일깨우는 데는 완전히 실패했다.

그 아이는 그들이 뭘 이야기하고 뭘 생각하고 있는지 다 알고 있었다. "정말, 정말 미안해요. 아빠, 엄마." 그 아이가 말했다. "그렇지만 제발 저한테 신경 쓰지 마세요. 저도 어쩔 수가 없어요. 저도 정말 꽃들을 좋아할 수 있을 거예요. 며칠 지나면 모두 시들어버릴 거란 생각이 계속 들지 않으면 말이에요."

16) 당시 사상가인 매슈 아널드를 지칭함.

한편, 부모가 결혼하지 않았다고 꼬마 영감이 놀림을 받고 주위의 수군거림이 잦아진다. 주드와 수는 몰래 런던으로 가 법률상의 절차를 밟아서 자신들의 동거가 합법적인 사실이라는 것을 알리려고 애쓴다. 그러나 이미 이들에 대한 소문은 지속적으로 불어나 동네 사람들의 시선은 냉담해진다. 교회에서 십계명을 조각해 새기는 일도, 불경한 사람들이 성스러운 일을 할 수 없다는 이유로 해고당한다. 주드는 노동자들의 협회에서도 쫓겨난다. 계산서들이 날아들고 가구들을 경매해야 한다. 그들은 경매 날 경매 참가자들이 가구보다는 그들의 삶에 대해 수군대는 것을 들어야 한다.

그들은 경매 입찰자들이 가구 대신 자신들의 개인사와 지난 행동들에 대해 예기치 못할 정도로 그리고 견디기 어려울 정도로 논하기 시작했다는 걸 이내 알게 되었다. 그들은 이제야 자기들에 대해 아무도 모를 것이라고 단정 지은 채 지금까지 바보들의 천국에서 살아온 걸 절실히 깨닫게 되었다. 수는 조용히 주드의 손을 잡고는 서로 눈을 마주치며 이들의 지나가는 말들을 듣고 있었다. 꼬마 영감의 이상하고도 이해하기 어려운 성격이 화제가 되고 있었고 이 화제는 암시와 빈정거림의 주된 요소가 되고 있었다. 마침내 아래층 방에서 경매가 시작되었다. 자신들에게 친근했던 물건들이 싸게 팔려나가는 소리를 들었다. 비싼 값에 팔릴 것으로 생각했던 게 싸게 팔렸으며 생각하지도 않았던 물건이 예기치 않은 값에 팔려나가기도 했다.

"사람들은 우릴 이해하지 못해." 그는 무겁게 한숨을 쉬었다. "여길 떠나기로 한 건 잘한 것 같아."

"문제는 어디로 가느냐지요."

"런던으로 가야 해, 거기선 자기가 선택한 대로 살 수 있을 거야."

"안 돼요, 여보. 런던은 안 돼요, 난 다 알고 있어요. 우린 거기서 행복할 수 없어요."

"왜?"

"진짜 모르신단 말이에요?"

"아라벨라가 거기 있어서?"

"그게 제일 큰 이유지요."

"그렇지만 시골에선 요즘 우리가 겪었던 일 비슷한 게 또 일어날까 늘 불안할 것 같아. 또 한 가지, 우리가 겪게 될 일을 덜려고 이 아이의 내력에 대해 설명하는 일은 하고 싶지 않아. 이 애를 자기 과거로부터 단절시키기 위해 난 침묵을 지키기로 했어. 이제 교회 일은 질렸어, 일거리가 생긴다 해도 받아들이지 않겠어!"

"당신은 고전을 공부할 걸 그랬어요. 고딕은 결국 야만적 예술이에요. 퓨진[17]이 잘못했고 렌[18]이 옳았어요. 크라이스트민스터의 성당 내부를 생각해 보세요. 아마 우리가 서로 얼굴을 처음으로 마주쳤던 장소였었죠. 로마 세부 장식의 그림 같은 면모에는 세련되지 못한 사람들의 괴상한 유치함이 깃들어 있어요. 그들은 이미 사라진 로마식을 모방하려 애쓰지만 그런 로마 형식은 이제 희미한 전통으로만 기억될 따름이죠."

"그래, 일전에 당신이 주장한 것 때문에 난 반쯤은 이제 그런 쪽으로 생각하게 되었지. 교회 일은 할 수 있겠지만 하는 일은 경멸하게 되겠지. 고딕식 교회 일은 않더라도 다른 일을 해야 해."

"우리 둘 다 개인적 상황이 일하는 데 중요하지 않은 그런 일을 하면 좋겠어요." 그녀가 생각에 잠긴 듯 미소 지으며 말했다. "당신이 교회 일에 자격을 잃은 것처럼 나도 교사 자격을 잃었어요. 당신은 기차역이나 교량, 극장, 음악강당, 호텔 같은 일, 행실하고 아무 상관없는 거면 뭐든 해

17) 고딕 건축 양식의 부활을 주장한 건축가.

18) 영국의 고전 양식 건축가.

야 해요.”

“그런 일 하기엔 기술이 없어…. 빵 굽는 일을 해야겠어. 당신도 알다시피 고모할머니랑 빵 굽는 일을 하며 자라났지. 그렇지만 빵 굽는 사람조차도 손님을 끌자면 인습을 따라야겠지.”

“시장에서나 장날, 케이크나 생강 빵을 팔면 될 것 같은데, 거기선 물건의 품질 말고는 사람들이 아무 데도 관심 없으니까요.”

대화를 나누는 동안 수가 아끼는 비둘기가 경매에 부쳐지자 수는 참을 수 없어 나중에 몰래 새를 날려 보내버린다. 3년 동안 주드와 수는 올드브리컴을 떠나 과거를 숨긴 채 이러저리 일용 노동자로 일한다. 공회당의 흉벽을 손질하기도 하고 호텔과 박물관의 벽돌을 쌓는 일을 하기도 한다. 주드는 교회 공사에 대해서는 반감을 품게 된다. 수는 이미 두 아이를 낳았고, 세 번째 아이를 출산할 예정이다. 주드는 몸이 좋지 않아 건축 일에서 빵 굽는 일로 돌아선다. 빈궁한 가운데 수는 임신한 몸으로 빵을 내다 파는 중 아라벨라를 만나게 된다.

“맙소사, 저런!” 과수댁 아라벨라가 혼자 중얼거렸다. “바로 그 사람 아내 수가 분명해.” 아라벨라는 가판대 더 가까이 다가갔다.

"안녕하셨어요, 폴리 부인."

그녀는 부드럽게 말을 걸었다.

수의 얼굴색이 변했고 상중임을 알리는 베일 속의 아라벨라 얼굴을 알아보았다.

"안녕하세요. 카틀렛 부인."

그녀가 경직된 목소리로 답했다. 그러나 아라벨라가 상복을 입은 걸 보고 수의 목소리는 자신도 모르게 동정어린 어조를 띠었다.

"어머, 돌아가셨나 봐요…?"

"네. 불쌍한 제 남편은 6주 전에 갑자기 돌아가셨어요. 별로 남겨놓은 것도 없지만 살아생전 저한텐 잘해주셨어요. 술집을 해도 이익은 양조업자에게 다 돌아가고 결국 술을 소매로 파는 사람들한텐 남는 게 없었어요…. 그런데 너, 꼬마야. 너 날 못 알아보겠니?"

"아뇨. 알아요, 잠시 아줌마가 우리 엄마라고 생각했었는데 아닌 걸 알게 되었어요."

꼬마 영감이 대답했다. 그 아이는 이제 자연스럽게 웨섹스 사투리에 익숙해져 있었다.

"좋아. 괜찮아. 난 친구니까."

"주이!"[19] 수가 갑자기 아이를 불렀다. "너 이 접시 가지고 아래 역 플랫폼으로 가봐. 기차가 들어올 시간이야."

아이가 가버리자 아라벨라는 다시 말을 이었다. "저 애는 미남이 되긴 틀렸어요. 불쌍한 녀석! 저 아인 내가 자기 친엄마인 걸 알고 있나요?"

"아뇨, 저 애는 자기 부모가 누군지에 대해 좀 수수께끼 같다고 생각하죠. 그게 전부예요. 애가 좀 더 자라면 주드 오빠가 다 이야기해 주려고 해요."

"그런데 어쩌다 이런 일을 하게 됐어요? 놀랐어요."

"임시로 하는 일일 뿐이에요. 우리가 좀 생활이 어려워져서 생각해 낸 일이에요."

"그럼 아직 그 사람이랑 사는 거예요?"

"네."

"결혼은 하셨나요?"

"물론이죠."

"아이는 있나요?"

"둘이요."

"그리고 또 하나가 더 생기겠네요."

수는 이 냉혹하고 직설적인 질문에 몸을 움찔했다. 아

19) 꼬마 주드, 즉 꼬마 영감의 이름을 애칭으로 부른 것.

울러 수의 부드럽고 작은 입술이 떨리기 시작했다.

“어머, 난 좋은 의미로 말했는데, 맙소사, 울 일이 뭐가 있어요? 남들은 아이 가진 걸 자랑스럽게 생각할 텐데.”

“부끄러워서 그러는 게 아녜요, 댁이 생각하는 것하고는 달라요. 이 세상에 생명체를 내놓는 게 끔찍하도록 비극적인 것 같아서 그래요. 너무 주제넘은 것 같아서 때때로 내가 그럴 권리가 있는지 의문이 들거든요!”

“맘 편히 가지세요, 부인…. 그런데 당신은 왜 이런 일을 하고 있는지 대답을 안 했어요. 주드는 자존심이 센 사람이었거든요. 어떤 장사든 할 사람이 아닌데요. 이런 가판대를 놓고 장사하는 건 말할 것도 없고요.”

“그렇다면 제 남편은 아마 좀 변했나 보죠. 지금은 그렇게 자존심 센 사람이 아니에요.”

수의 입술은 또 떨렸다. “내가 이런 일을 하는 건 올해 초 그이가 쿼터쇼트에 있는 음악 홀 공사에서 벽돌 쌓는 일을 하다가 감기에 걸렸기 때문이에요. 그인 공사 마감일까지 일을 끝내야 했기에 비를 맞으면서 해야 했어요. 지금은 좀 나았지만 오래 힘든 시간을 보냈어요. 그동안 혼자 사시는 연로한 미망인 친구 한 분이 오셔서 도와주셨어요. 곧 그분도 집으로 돌아가실 거예요.”

“그런데 남편을 잃고 난 뒤 나 역시 품위도 생기고 생각도 진지해졌어요. 그런데 당신은 어째서 생강 든 빵을 팔기로 한 거죠?"

"아주 우연한 일이죠. 그인 빵 굽는 일을 도우며 자랐고 그래서 이걸 해보면 어떨까 하는 생각이 들었던 거예요. 빵 굽는 건 실내에서 할 수 있으니까요. 이걸 크라이스트민스터 케이크라고 이름 붙였죠. 아주 잘 팔려요."

"난 이런 건 처음 보네요. 어머, 창문도 있고 탑도 있고 작은 뾰족탑도 있네요. 세상에, 아주 맛있네요." 아라벨라는 권하지도 않는데 케이크 하나를 집었고 격의 없이 그걸 우적우적 씹어 먹었다.

"그래요, 크라이스트민스터 대학을 생각나게 하는 케이크죠. 격자장식 창이나 회랑도 있잖아요. 그인 가루 반죽으로 대학을 만들어본 거예요."

"아직도 크라이스트민스터에 집착하고 있나요. 케이크까지도!" 아라벨라가 웃었다. "바로 주드 식이네요. 완전히 그 사람을 지배하는 열정이죠. 어쩜 그렇게 이상한 사람일까요? 앞으로도 늘 그렇겠지만요."

수는 한숨을 쉬었다. 그녀는 주드를 비판하는 이런 말을 듣고 괴로운 듯 보였다.

"그 사람 이상하다고 생각지 않아요? 당신도 그 사람을 많이 좋아하면서도 그런 생각 안 드나요?"

"물론 그이에게 크라이스트민스터는 일종의 굳어진 환상 같은 거예요. 그인 그 환상에 대한 믿음을 결코 버리지 못할 거예요. 그이는 아직도 그곳이 고귀하고 두려움 없는 사상의 위대한 중심지라고 생각하고 있어요. 실제로는 소심하게 전통에 아첨하는 진부한 선생들의 온상인데요."

아라벨라는 수가 말하는 내용보다는 말하는 방식을 비웃듯 지켜보았다. "케이크를 파는 여자가 그런 식으로 말하는 건 너무 이상하네요." 그녀가 말했다. "당신은 왜 학교 선생으로 다시 돌아가지 않나요?"

그녀는 머리를 저었다.

"학교에서 날 받아주지 않아요."

"이혼했기 때문인가요?"

"그것도 이유고 또 다른 이유도 있죠. 게다가 그걸 바랄 이유도 없어요. 우린 모든 야심을 버렸어요. 그래서 우린 그이가 아프기 전까지는 정말 행복했어요."

아라벨라는 새 남편이 죽은 후 자신이 교회에서 위로를 얻고 있다고 말한다. 그러나 아라벨라는 새로 얻은 종교의 위안을 잊고 주드에 대한 욕망에 다시 사로잡힌다. 그녀는 알프레드스턴으로 가다가 필롯슨을 만나게 된다. 아라벨라는 필롯슨에게, 남편은 부인에게 자연적 법적 권리가 있다며 수를 되찾도록 부추긴다. 주드는 수에게 다시 크라이스트민스터로 돌아가고 싶다고 말한다. 자신의 건강이 좋아져 다시 석공 일을 하는 가게도 낼 수 있으리라고 생각한다. 결국, 이삼 주 후 그들은 크라이스트민스터에 도착한다.

제6부
다시 크라이스트민스터에서

그들이 도착한 날은 대학의 창립기념일 행사가 한창이었다. 꼬마 영감은 축제일이 꼭 심판의 날 같다고 말한다. 옛 동료가 주드를 알아보고 비웃지만, 그는 자신의 삶의 여정, 학자와 성직자의 꿈을 접고 다시 이 도시로 오게 된 여정을 사람들에게 웅변적으로 전달한다.

여러분, 이 문제는 어떤 젊은이한테도 어려운 것입니다. 제가 맞붙어 해결하려 싸웠던 문제이자 수천의 젊은이들이 이제 이 시대 현 순간에도 고민하는 문제입니다. 그건 자신의 적성을 고려하지 않고 아무런 비판 없이 자신이 처한 길을 따라갈 것인지, 아니면 자신의 적성과 재능을 생각해서 자신의 진로를 그에 따라 다시 바꿀 건가 하는 문제입니다. 전 후자의 길을 택했었고 실패했습니다. 그렇지만 실패했다고 해서 제 생각이 틀렸다는 게 입증되었다고 생각하지는 않습니다. 혹은 제가 성공했다고 해서 제 생각이 옳은 걸로 입증된다고 생각하지도 않습니다. 비록 요즘 그런 시도를 평가하는 방식이 그렇지만요. 다시 말해 그런 시도에 깔린 본질적인 건전함보다는 시도의 우연한 결과로 평가하지요. 만일 제가 지금 막 이곳으로 빨간색 검은색 가운을 입고 걸어 들어가던 저 신사 분들 가운데 한 사람이 되어 있다면 여러분은 이렇게 말했을 겁니다. "저 젊은이가 얼마나 현명한가 봐, 저 사람은 자기가 타고난 재능을 잘 따라갔으니!" 그렇지만 제가 지금 현재, 시작보다 더 나을 게 없는 상태인 걸 보고 이렇게 말하겠죠. "자기 변덕스런 환상을 따랐으니 저 사람은 얼마나 바보 멍청인지 봐."

그렇지만 패배하게 된 건 제 의지 때문이 아니라 가난 때문이었습니다. 제가 한 세대에 해보려고 했던 건 아마 두세 세대는 걸려야 할 겁니다. 그리고 제 충동과 사랑—아마도 악덕이라고 불러야겠지요—은 너무도 강해서 유리한 고지에 있지 못했던 저 같은 남자에겐 이겨낼 수 없는 것들이었습니다. 자기 나라의 가치 있는 명사가 될 진짜 좋은 기회를 잡으려면 물고기처럼 냉혹하고 돼지처럼 이기적이어야 합니다.

(…)

그리고 지금 병들고 가난한 남자에 불과한 저의 모습이 저의 최악의 모습은 아닙니다. 전 원칙의 혼돈 속에 빠져 있고 모범적 예가 아니라 본능에 따라 행동하면서 어둠

속에서 헤매고 있습니다. 8, 9년 전쯤 제가 여기 왔을 때는 확고한 일련의 견해들을 정연하게 지니고 있었습니다. 그렇지만 그것들은 하나씩 떨어져 나가 버렸습니다. 저는 앞으로 더 나갈수록 확신을 점점 잃게 되었습니다. 현재 제 인생 법칙은 저 말고 누구에게도 해를 끼치지 않으며 제가 제일 사랑하는 이들에게 실제 기쁨을 가져다주는 방향을 따라가는 것밖에 없습니다, 자, 여러분, 제가 어떻게 지냈는지 알고 싶다고 하셔서 말씀드렸습니다. 제 이야기가 여러분께 도움이 되셨기를 바랍니다. 여기서 그 이상 설명드릴 수 없습니다. 전 우리 사회 규범 어딘가에 뭔가 잘못된 것이 있다는 걸 절감합니다. 그게 뭔지는 적어도 우리 시대에는 저보다 더 위대한 통찰력을 지닌 사람들이 발견해 낼 수 있을 겁니다….

주드의 연설에 모두 공감하고, 필롯슨은 이 가족을 몰래 지켜본다. 이들은 방을 구하러 나섰으나 세 명의 아이와 임신한 수의 모습을 보고 아무도 방을 빌려주지 않는다. 마침내 수와 어린애들만 방을 구했으나 집주인 여자가 그들이 결혼한 부부가 아니라는 것을 알고 나가달라고 한다. 다시 방을 구하러 돌아다니던 중, 지치고 절망에 빠진 모습을 보고 꼬마 영감은 자신이 태어나지 말았어야 하는 게 아니냐고 물어본다. 꼬마 영감은 수와 대화를 나누다가 수가 어린아이를 “또 데려온다”는 말에 절망한다. 꼬마 영감은 애들이 없다면 재난도 완전히 없어질 거라고 말한다. 다음 날 아침 일찍 바깥에서 만난 주드와 수는 거처를 옮기는 문제를 의논하고 나서 아이들에게 아침을 먹이러 숙소로 돌아간다.

수는 주드와 함께 급하게 아침 식사를 하고는 15분 뒤 함께 숙소를 향해 출발했다. 수가 묵고 있는 그 잘난 숙소를 곧장 비우기로 했던 것이다. 그곳에 도착해서 2층으로 올라갔을 때 수는 아이들 방이 아주 조용한 걸 알았다. 그녀는 집 안주인에게 조심스러운 목소리로 차 주전자와 아침 식사 거리를 가져다 달라고 부탁했다. 안주인은 마지못해 이에 응했고 수는 여자가 가져온 달걀 두 개를 끓는 주전자 속으로 넣었다. 그리고 주드에게 달걀이 아이들이 먹기에 알맞게 삶아지도록 시간을 봐달라고 부탁했다. 8시 반경이 지났으므로 수는 아이들을 깨우러 올라갔다.

주드는 시계를 손에 든 채 달걀이 익을 시간을 재고 있었다. 그는 등을 아이들이 있는 안쪽의 작은 방으로 돌린 채 주전자 쪽으로 허리를 굽히고 있었다. 그때 수가 지른 비명 때문에 그는 갑자기 몸을 돌렸다. 방문, 아니 차라리 벽장이라고 부를 만한 방의 문이 열려 있었다. 수가 문을 밀자 경첩에 무겁게 매달려서 열린 듯한 문이 젖혀져 있었다. 수는 그 방 마룻바닥에 쓰러져 있었다. 그는 급하게 그녀를 안아 일으키려고 가다가 시선을 판자 위에 깔아둔 작은 침대보 위로 돌렸다. 아이들이 아무도 없었다. 그는 당황해서 방 전체를 훑어보았다. 문 뒤쪽에는 옷을 거는 옷걸이 두 개가 있었고, 이 옷걸이에 어린 두 아이가 상자 묶는 노끈에 목이 감긴 채 매달려 있었다. 거기로부터 이삼 야드 떨어진 곳에 꼬마 영감 주드의 시신이 꼭 같은 방법으로 매달려 있었다. 의자가 뒤집힌 채로 큰아이 곁에 있었고 큰아이의 흐릿한 눈은 비스듬히 방을 내려보고 있었다. 여자아이와 어린아이의 눈은 감겨 있었다.

주드는 그 장면의 기묘하고도 극단적인 공포감 때문에 반은 마비상태로 수를 눕힌 다음, 주머니칼로 세 아이의 목에 감긴 노끈을 끊고서 아이들을 침대에 내려놓았다. 그렇지만 순간적으로 아이들의 몸을 만지며 받은 느낌은 애들이 이미 죽었다는 것이었다. 그는 기절한 수를 들어 올려 다른 방의 침대로 갖다 눕혔다. 그 후 숨 가쁘게 안주인을 부르고 의사를 부르러 뛰쳐나갔다.

그가 돌아왔을 때 수는 제정신을 차리고 있었다. 아이들 위로 몸을 구부리고 아이들을 소생시키려고 미칠 듯이 애쓰는 무력한 두 여자와 작은 시신 세 구의 모습을 보자 그의 자제력은 무너지고 말았다. 가장 근방에 있는 의사가 왔지만, 주드의 짐작대로 아무 소용이 없었다. 어린애들을 살리기엔 이미 늦었다. 아이들의 몸이 완전히 식은 건 아니었지만, 목을 맨 지 한 시간 넘게 매달려 있었던 걸로 추정되었다. 주드와 수가 나중에 이 사건에 대해 추론할 만큼 정신이 들었을 때 추측한 바로는, 아마 큰애가 아침에 일어나 수를 찾으러 바깥방을 뒤졌지만 그녀가 없어진 걸 알게 되었고, 그 전날 밤 겪은 일과 또 다른 아이가 태어날 거란 이야기 때문에 그의 우울한 기질에 극단적인 절망감이 발작적으로 더해졌을 거라는 것이었다. 더구나 한 조각의 종이가 마룻바닥에서 발견되었다. 거기에는 꼬마 영감이 자기 몽당연필로 쓴 글씨로 이렇게 적혀 있었다.

우리가 너무 마나서 이렇게 했음.[20]

수는 이 글을 보고는 완전히 평정을 잃었다. 아이와 나눴던 이야기가 이 비극의 주된 원인이라는 무서운 확신이

20) 꼬마 영감의 철자 오기(마나서—많아서)를 살려 옮긴 것이다.

들어 그녀는 발작에 가까운 고뇌 속으로 빠져들었다. 이러한 고뇌는 어떤 방법으로도 덜 수가 없었다. 사람들은 그녀가 싫다는데도 그녀를 아래층 방으로 옮겼다. 그녀의 여린 몸은 헐떡이며 떨었고 눈은 천장만 바라보고 있었기에 아무리 안주인이 진정시키려 해도 허사였다.

주드가 말했다. "아니야. 그런 일을 저지른 건 그 아이 성격 때문이야. 의사 선생 말로는 요즘 세대엔 그런 아이들이 나온다는 거야. 지난 세대에선 볼 수 없던 아이들인데 이 시대의 새로운 인생관의 결과라는 거야. 이 시대의 이런 아이들은 삶의 공포를 물리칠 저항력을 지닐 나이가 되기도 전에 삶의 공포를 다 알아버린 것 같다고 해. 의사 선생은 살고 싶지 않은 전반적인 욕구가 시작된 거라고 해. 그 의사는 진보적인 사람이긴 한데, 위안을 줄 수는 없는 것 같아."

수의 비통함은 극에 달하고 결국 수는 임신 중이던 아이를 사산한다. 아이들을 잃고 주드는 종교를 완전히 버리지만, 수는 하나님이 자기에게 벌을 내린 것으로 생각하고 종교에 귀의한다.

주드에게 이러한 변화가 생겼다. 즉 이제 그는 예배를

보려고 교회에 가는 일이 점점 줄었다. 어떤 것보다 그를 괴롭히는 일이 하나 있었다. 그 비극적 사건 이후 수와 그가 정신적으로 정반대 방향으로 나가고 있다는 것이었다. 인생과 법률, 관습, 신조 등에 관한 그의 관점을 확장시켜 주었던 사건들이 수의 관점은 확장시키지 못했다. 그녀는 이제는 독립적이었던 시절의 그녀가 아니었다. 그 시절 그녀의 지성은 주드가 당시 존경했던 관습이나 격식들 위에 번쩍이는 번개처럼 빛을 발했었다. 지금 주드는 이런 것들을 존경하지 않게 되었던 것이다.

어느 일요일 저녁 주드는 좀 늦게 집으로 돌아왔다. 그녀는 집에 없었지만 곧장 돌아왔다. 그는 그녀가 말없이 생각에 잠겨 있는 걸 보았다.

"무슨 생각을 하고 있어, 요 작은 아가야?" 그는 알고 싶은 듯 물었다.

"아, 명확하게 말할 순 없어요. 당신과 나, 함께 살아온 게 이기적이고 경솔했고 불경스런 과정이었단 생각이 들었어요. 우리 삶은 우리 자신의 쾌락만 헛되이 좇았던 것에 불과했어요. 자기를 부정하는 것이야말로 더 고귀한 길이에요. 우리 육체, 끔찍한 우리 육체, 아담의 저주인 우리 육체를 억제해야 해요."

"수, 도대체 무슨 생각으로 그런 말을 하는 거요?"

"우린 계속 의무라는 제단 위에 우리 자신을 희생해서 바쳐야 해요! 그렇지만 난 늘 내 쾌락만 추구해 왔어요. 지금 난 천벌을 받아도 싸요. 난 어떤 존재가 내 사악함이나 내가 저지른 모든 엄청난 잘못, 죄 많은 행동을 다 뿌리 뽑아줬으면 해요."

"수, 너무 큰 고통 속에 있는 당신! 당신한텐 어떤 사악함도 없어. 당신의 타고난 본능은 아주 건전해. 그리고 내가 바라는 것처럼 아주 정열적이진 않아도, 착하고 사랑스럽고 순수해. 그리고 내가 종종 말했듯이 당신은 내가 아는 여자들 가운데 제일 천상에 가깝고 관능적이지 않은 여자야. 그렇다고 비인간적으로 성적 감정이 없는 건 아니야. 왜 이렇게 달라진 태도로 말하는 거야? 우린 이기적이지 않았어. 우리가 이기적이지 않아서 아무도 이익을 볼 수 없었던 경우는 별도지만 말이야. 당신은 인간 본성은 고귀하고 오래 고통을 겪는 거라서 사악하거나 부패한 게 아니라고 말하곤 했어. 난 그때 당신이 진실을 말한다고 생각하게 되었어. 지금 당신은 인간성에 대해 훨씬 더 낮게 평가하는 것 같아."

"난 겸허한 마음과 정화된 정신을 바라는 거예요. 난 지금까지 그런 마음과 정신을 가져본 적이 없어요."

"당신은 사상이나 감성에서 두려움을 몰랐던 사람이었

어. 내가 당신을 찬탄했던 것 이상의 찬탄을 받을 만했어. 그때 난 너무 편협한 독단에 빠져 있어서 그런 사실을 바로 보지 못했지."

"주드 오빠, 그렇게 말씀하시지 마세요. 내가 두려움 없이 내뱉은 모든 말과 생각들을 내 인생사에서 다 뿌리 뽑아버렸으면 좋겠어요. 자신을 억제하는 것, 이젠 이게 전부예요. 아무리 나 자신에게 굴욕감을 줘도 모자라요. 핀으로 내 몸을 샅샅이 찔러서 내 몸속의 악을 다 피 흘려 내보내 버렸으면 좋겠어요."

"쉿, 그만." 그는 마치 수가 아기인 것처럼 그녀의 작은 얼굴을 자기 가슴에다 끌어안았다. "당신이 이런 생각을 하는 건 아이들을 잃었기 때문이야! 그런 양심의 가책은 당신같이 '예민한 화초'21) 같은 이에겐 당치 않아. 그런 가책 같은 걸 절대 느끼지 못하는 사악한 무리에게나 해당하는 거지."

"이런 상태로 오래 있을 순 없어요." 그녀는 오랫동안 주드의 품에 안긴 채로 중얼거렸다.

"왜지?"

21) 셸리의 시 제목.

"이건 방종이니까요."

"또 같은 소리! 그렇지만 우리가 서로 사랑하는 것보다 이 지상에 더 좋은 게 있을까?"

"있어요. 그건 사랑의 종류가 뭐냐에 달린 거죠. 당신의 사랑—우리의 사랑은 잘못된 사랑이에요."

"난 그런 생각을 받아들일 수 없어, 수! 자, 우리 교구 사무실에 가서 결혼에 서명하는 날을 언제로 했으면 좋겠어?"

그녀는 말을 멈추고는 불안하게 그를 올려다보았다. "절대 하지 않을 거예요"라고 그녀는 속삭였다.

이제 크라이스트민스터에서 아버지와 함께 사는 아라벨라는 수를 위로하러 방문한다. 수는 그들의 죄 많은 사랑 때문에 아이들이 죽었다고 생각하고 주드와 함께 사는 것을 거부해 둘은 별거를 시작한다. 아라벨라는 필롯슨이 수를 되찾게 함으로써 주드를 다시 차지할 계획을 꾸민다. 필롯슨은 다시 수와 결혼하면 교직에 복직할 수 있고 수를 되찾을 수도 있으므로 그녀에게 메리그린으로 오라는 편지를 쓴다. 수는 별거 후 따로 사는 주드를 찾아간다.

"당신한테 알려드릴 말씀이 있어요." 그녀는 곧장 말을 꺼냈다. 그 목소리는 빨라지기도 하고 느려지기도 했다. "당신이 우연히 이 이야길 듣지 않았으면 해서요. 리처드에게로 돌아갈 작정이에요. 그인 너무도 관대하게, 모든 걸 다 용서해 주신다고 했어요."

"돌아간다고? 어떻게 돌아갈 수 있지?"

"그분은 저랑 다시 결혼하기로 했어요. 형식을 갖추기 위한 거고 어떤 것도 있는 그대로 봐주지 않는 세상을 만족하게 하려고요. 물론 전 이미 그분의 아내죠. 어떤 것도 그 사실을 바꾸진 못했어요."

그는 맹렬한 분노에 가까운 고뇌를 느끼며 그녀를 마주 보았다.

"그렇지만 당신은 내 아내야! 그래, 당신은 내 아내란 말이야. 당신도 알잖아. 난 늘 후회했어. 겉치레 체면 때문에 우리가 외지로 가서 합법적으로 결혼하고 돌아온 것처럼 위장했던 걸 말이야. 난 당신을 사랑했고 당신도 날 사랑했어. 그리고 우린 서로 바짝 붙어 살아왔소. 그게 바로 결혼이지. 우린 아직도, 나뿐만 아니라 당신도, 서로 사랑하고 있어. 난 그걸 알고 있어, 수! 그러니까 우리 결혼은 무효가 된 게 아니야."

"그래요. 당신이 어떻게 생각하고 계신지 알아요." 수는 절망적인 기분으로 자신을 억제하며 말했다. "그렇지만 난 그분과 다시 결혼할 거예요. 당신이 말하는 그 결혼을요. 엄밀하게 말하자면 당신도—이런 말씀을 드리는 걸 기분 나쁘게 생각지 마세요, 주드 오빠!—다시 데려와야 해요. 아라벨라를."

"다시 데려오라고? 하나님 맙소사, 그다음엔 뭐지! 그렇지만 당신과 내가 법률상 결혼한 상태였다면 어떻게 할 거였소? 지금 막 당신과 내가 그렇게 하려던 참이었지만."

"그래도 마찬가지로 느꼈을 거예요. 우리의 결혼은 결혼이 아니었다고 생각해요. 그리고 리처드가 날 원하기만 한다면 혼배성사를 되풀이하지 않고 다시 돌아갈 거예요. 그렇지만 제 생각에 '세상과 그 법도는 어떤 가치가 있나니'[22) 전 결혼식을 다시 하는 데 동의한 거예요…. 나를 조롱하거나 우겨서 내 모든 생명력을 으깨버리지 마세요, 제발 부탁해요! 난 한때 정말 강인했어요. 나도 알아요, 아마 당신한테도 잔인하게 굴었을 거예요. 그렇지만 주드 오빠, 악을 선으로 갚아주세요. 난 지금 더 약한 존재예요. 내게 보복하지 말고 친절하게 대해줘요. 아, 제발 이제 바른길로 가려는 불쌍하고 못된 여자에게 친절을 베풀어줘

22) 브라우닝의 시 〈조상과 흉상〉에서 인용된 표현.

요."

주드는 절망적으로 고개를 저었고 그의 눈은 젖어 있었다. 그녀는 아이를 잃은 충격으로 이성적 기능이 다 파괴돼버린 것 같았다. 한때 예리했던 통찰력은 흐려져 버렸다. "모든 게 잘못되었어, 모든 게 잘못되었어!" 그는 목쉰 소리로 말했다. "그건 잘못, 잘못된 고집이란 말이오. 그 생각을 하면 미칠 것만 같군! 그를 좋아하나? 사랑해? 그렇지 않다는 걸 자신이 잘 알잖아, 그럼 그 결혼은 광신적인 매춘이 될 거야. 하나님, 용서하세요. 그래, 그건 광신적인 매춘이 될 거야!"

"난 그분을 사랑하지 않아요. 그 사실은 내 가장 깊은 자책의 마음으로 인정할 수밖에 없는 사실이에요! 그렇지만 그분에게 순종함으로써 그분을 사랑하는 걸 배우려고 노력할 거예요."

주드는 설득하고 강요하고 애원했다. 그러나 그녀의 결심은 그 어떤 것에도 흔들리지 않았다. 그것만이 그녀가 세상에서 확고하게 여기는 유일한 것처럼 보였다. 이런 확고한 결심 때문에 그녀가 가진 다른 충동이나 소망은 모두 불안정한 상태로 있는 것처럼 보였다.

(…)

"자, 이야긴 이제 그만해요. 주드 오빠, 안녕히 계세요,

내 공범이자 제일 다정했던 친구!"

"안녕, 잘 가, 잘못된 생각에 사로잡힌 아내여, 잘 가!"

수는 필롯슨에게 돌아가며, 주드와 함께 잘 때 입었던 수놓은 잠옷을 결혼식 전날 태워버린다. 에들린 부인은 필롯슨에게 수가 여전히 주드를 사랑하고 있다며 결혼을 만류하지만 필롯슨은 친구 길링엄의 조언대로 결혼식을 하기로 마음먹는다.

필롯슨은 8시가 좀 지나서 수를 데려가려고 에들린 부인의 집으로 갔다. 하루나 이틀 전에 저지대에 끼었던 안개가 이제 이곳에까지 올라와 있었다. 푸른 풀밭의 나무들도 한 아름 안개를 뒤집어쓰고 있었으며 나무를 가린 안개는 굵은 물방울이 되어 떨어지고 있었다. 신부가 모자를 쓰고 치장을 다한 채로 기다리고 있었다. 창백한 아침 햇살을 받은 그녀는 평생 이때만큼이나 그녀의 이름이 뜻하는 백합[23]을 닮아 보인 적이 없었다. 징벌을 받고 세상사에 지쳤으며 자책에 가득한 그녀의 신경은 긴장되어 그

23) 원래 수, 즉 '수잔나'는 백합의 의미를 지니고 있음.

녀의 살과 뼈를 파고들었다. 수는 아주 건강했던 시절에도 그렇게 몸집이 큰 여자는 아니었지만, 이날은 어느 때보다도 몸집이 작아 보였다.

"서둘러요"라고 선생이 말하면서 아주 마음씨 좋게 그녀의 손을 잡았다. 그렇지만 그는 그녀에게 키스하고 싶은 충동을 억눌렀다. 어제 그녀가 놀랐던 것이 떠올랐고 그 기억이 불쾌하게 그의 마음에 아직 남아 있었기 때문이었다.

(…)

"리처드, 정말 제가 당신 것이 되길 바라시는 거죠?" 수가 숨을 헐떡이며 속삭였다.

"그럼 물론이오. 여보, 이 세상 무엇보다도 당신을 원해요."

수는 더는 아무 말도 하지 않았다. 그는 자신이 일전에 그녀를 해방시켜 주었던 인간적 본능을 다시 철저하게 따르는 건 아니라는 생각이 몇 차례 들었다.

목사, 서기, 신랑 신부, 길링엄, 이렇게 다섯이 교회에서 함께 섰다. 성스러운 예식이 엄숙하게 거행되었다. 교회 회중석에 마을 사람 두세 명이 있었고 목사가 "하나님께서 합하신 것을"이라고 할 때 마을 사람들 가운데 한 여자의 목소리가 크게 들려왔다.

"하나님께서 정말로 합해주셨군."

결혼식은 마치 수년 전 멜체스터에서 있었던 유사한 장면을, 이전 자신들의 유령이 등장해서 재연하는 것과도 같았다. 결혼 기록부에 서명하자 목사는 이 부부가 고귀하고 올바르게 서로 용서한 것에 대해 축하 인사를 건넸다. "끝이 좋으면 만사가 좋은 법입니다." 목사는 미소를 지으며 말했다. "이처럼 불 가운데서 구원을 얻었으니[24] 함께 오래도록 행복하시길 바랍니다."

그들은 텅 빈 상태나 다름없는 교회 건물을 나와 학교 사택으로 건너갔다. 길링엄은 그날 밤 집으로 돌아가려고 일찍 출발했다. 그 역시 이 부부에게 축하 인사를 했다. 그는 배웅하러 나온 필롯슨과 헤어지면서 말했다.

"자, 이제 자네 고향 사람들한테 솔직하게 좋은 이야기를 들려줄 수 있게 됐어. 그 사람들 모두 어쨌든 '잘했어'라고 말할 거야."

선생이 집으로 돌아왔을 때 수는 마치 이 집에서 내내 살아온 것처럼 뭔가 집안일을 하는 척하고 있었다. 그러나 그가 다가가자 겁을 집어먹은 듯 보였고 그 모습을 보

24) 〈고린도전서〉 3장 15절 : "누구든지 그 공적이 불타면 해를 받으리니 그러나 자신은 구원을 받되 불 가운데서 받은 것 같으리라."

고 필롯슨은 회한에 사로잡혔다.

그는 진지하게 말했다. "물론, 여보 난 이전과 마찬가지로 당신 사생활을 침범할 생각은 없소. 이렇게 하는 게 우리 두 사람에게 사회적으로 이롭기 때문이오. 그래서 우리 결합은 정당화될 수 있는 거요. 내 개인적 이유가 아니더라도 말이오."

수의 표정이 조금 밝아졌다.

한편, 아라벨라는 아버지와 다투어 갈 데가 없자 주드를 찾아간다. 그는 냉담하게 그녀를 맞고 돈을 주어 알프레드스턴으로 가서 수의 소식을 듣고 오라고 보낸다. 수의 결혼 소식은 주드를 절망감에 빠지게 하고 아라벨라는 두 번째로 술책을 써서 주드를 잡는다. 아라벨라는 주드에게 술을 먹여 집으로 끌어들이고 자신과 다시 결혼하겠다는 약속을 받아내어 재결합한다.

미카엘축일이 다가오더니 곧 지나가 버렸다. 주드와 그의 아내는 재결합 이후 처가에서 잠시 지내다가 시내 중심가에 가까운 주택의 맨 꼭대기 층에 살고 있었다. 그는 아라벨라와 재결합 이후 이삼 개월 동안 며칠만 일했지만 건강이 좋지 않았고 최근엔 상태가 아주 악화되었다. 그는 벽난로 앞 안락의자에 앉아 기침을 심하게 했다.

"당신하고 다시 결혼하려고 그렇게 애쓴 결과가 결국 이런 꼴이군요!"

아라벨라가 그에게 말을 건넸다. "완전히 당신을 돌봐야 하게 생겼으니 말이에요. 정말 그렇게 될게 뻔해요. 내가 검정 푸딩하고 소시지를 만들어 길거리에서 팔러 다녀야 할 판이에요. 병든 남편을 먹여 살리려고요. 내가 떠맡을 필요가 전혀 없는 데 말이에요. 당신은 왜 자기 건강을 제대로 돌보지 않고 날 이렇게 속인 거예요. 결혼식을 올릴 때만 해도 멀쩡했잖아요!"

"아, 그래!" 그가 씁쓸하게 웃었다. "우리가 처음 결혼했을 당시 당신과 내가 죽였던 돼지한테 품었던 바보 같은 감정을 생각하고 있었어. 난 내게 하사될 수 있는 최대한의 자비는 바로 내가 그 돼지를 잡던 방식 그대로 똑같이 나도 당해야 한다는 거라는 생각이 들어."

요즈음 매일 이들 사이에 오가는 대화는 줄곧 이런 식이었다. 이들이 이상한 부부라는 소문을 들은 집주인은 진짜 이들이 결혼한 사이인지 의심이 들었다. 특히 어느 날 저녁 술을 조금 마신 그녀가 주드에게 키스하는 걸 보았기 때문이다. 그래서 방을 비우라고 통고하려던 참이었다. 그런데 우연히 그녀가 주드에게 거친 말투로 장광설을 늘어놓다가 결국 신발 한 짝을 들어 주드의 머리에 던지는 걸 엿듣고 이들이 진짜 결혼한 사이라는 걸 알아챘다. 집주인은 이들이 점잖지 못한 동거를 하는 것은 아니라고 결론짓고 더는 아무 말도 하지 않았다.

주드의 건강은 좋아지지 않았다. 그러던 어느 날 그는 망설이면서 아라벨라에게 자신의 부탁을 하나 들어달라고 청했다. 그녀는 무슨 부탁인지 냉담하게 물었다.

"수에게 편지를 써줘요."

"어머, 무슨 이유로 내가 그 여자한테 편지를 써야 하지요?"

"어떻게 지내는지 안부를 물어보고, 내가 몸이 안 좋으니 날 한번 보러올 수 없겠냐고, 한 번만 더 그녀를 보고 싶다고 써줘."

"나한테 그런 편질 써달라고 해서 합법적인 마누라를 모욕하다니 당신답군요."

"당신에게 편지를 써달라고 부탁하는 건 당신을 모욕하지 않기 위해서야. 당신도 알다시피 난 수를 사랑해. 그걸 돌려 말하고 싶지는 않아. 엄연한 사실이니까. 난 수를 사랑해. 당신 몰래 그녀에게 편지를 보낼 방법은 얼마든지 찾을 수 있어. 그렇지만 난 당신이나 그녀의 남편에게 정정당당하고 싶어. 당신을 통해서 그녀에게 와달라고 전

갈을 보내면 적어도 음모라는 냄새는 나지 않을 거야. 그녀에게 옛날 본성이 아직 조금이라도 남아 있다면 올 거야."

"당신은 결혼을 전혀 존중하지 않는군요. 결혼에 따르는 권리나 의무 같은 것 말이에요."

"결혼에 대한 내 견해가 어떤지 그게 무슨 문제가 되오. 나같이 비참한 놈한테! 30분 정도 날 보러 오는 데 내 견해가 무슨 상관이란 말이야! 벌써 내 한쪽 발은 무덤에 들어간 상태에서! 어서, 아라벨라, 제발 좀 써줘!" 그는 애원했다. "내 솔직하게 부탁했으니 자비를 좀 베풀어줘."

아라벨라는 이런 주드에게 수를 매춘부라고 모욕하고, 주드는 아라벨라를 격분한 태도로 대한다. 아라벨라가 편지를 보내지 않았음을 눈치 채고 주드는 직접 쏟아지는 폭우를 뚫고 가 메리그린의 교회에서 수를 만난다.

마구 쏟아지는 빗줄기에 빗방울이 덧붙여진 듯 가벼운 발걸음 소리가 현관에서 들려왔다. 그는 고개를 돌려 바라보았다.

"아, 당신일 거라고 생각지도 못했어요. 아, 생각지도 못했어요, 주드 오빠!" 그녀의 숨결이 신경질적이 되었으며 이런 숨결이 지속되었다. 그는 앞으로 나아갔다. 그러나 그녀는 재빨리 평정을 찾고 뒤로 물러섰다.

"가지 마, 가지 마!" 그는 애원했다. "이게 마지막이야. 당신이 살고 있는 집에 가는 것보다 여기가 당신에게 방해가 덜 되리라 생각했어. 이제 두 번 다시 안 올 거야. 그러니 나한테 너무 무자비하게 대하지 마. 수, 수! 우리는 율법에 따라 행동하고 있는데 '율법 조문은 사람을 죽이는 것'[25]이야."

"가지 않을게요. 냉정하게 굴지 않을게요." 그녀가 말했다. 그녀는 그가 가까이 다가오게 두었다. 그녀의 입술은 떨리고 눈물이 흘렀다. "그렇게 올바른 일을 잘해놓고 왜 지금 찾아와서 이런 잘못된 일을 하시는 거죠?"

"올바른 일이란 게 뭐지?"

"아라벨라와 다시 결혼한 거요. 알프레드스턴 신문에 났더군요. 그 여자야말로 정말 따져보면 그 누구보다도 주드, 당신의 아내였죠! 그런 의미에서 당신이 정말 그 점을 인정하고 그녀를 다시 받아들인 건 정말 잘하신 거예

25) 〈고린도후서〉 3장 6절 : "그가 또한 우리를 새 언약의 일꾼 되기에 만족하게 하셨으니 율법 조문으로 하지 아니하고 오직 영으로 함이니 율법 조문은 죽이는 것이요, 영은 살리는 것이니라."

요. 정말 잘했어요."

"맙소사, 내가 이 말을 듣자고 여기 온 거야? 내 평생 저지른 일 가운데 제일 타락하고 부도덕하고 부자연스런 일이 있다면 아라벨라와 맺은 저속한 계약이야. 당신은 그걸 올바른 일이라고 부르다니! 그리고 당신도 마찬가지야, 자신을 필롯슨의 아내라고 지칭하다니! 그의 아내라고! 당신은 내 아내야."

"날 당신에게서 도망치게 만들지 마세요. 더는 못 견디겠어요. 그렇지만 그 문제에 대한 제 마음은 벌써 정해졌어요."

"당신이 어떻게 그런 짓을 했는지, 어떻게 그런 생각을 하는지 난 이해할 수 없어. 난 이해 할 수가 없어."

"신경 쓰지 마세요. 그인 나한테 친절한 남편이에요. 그리고 난 내 육체와 씨름하고 투쟁하고 단식하고 기도했어요. 이제 난 내 육체를 거의 완전히 복종 상태로 만들었어요. 그러니까 이젠 안 돼요, 당신도 정신 차려야…."

"아, 이 사랑스러운 바보야. 당신 이성은 어디로 간 거야? 당신의 능력을 다 잃어버린 것 같아! 당신 같은 감정 상태에 있는 여자는 지성에 아무리 호소해도 소용없다는 걸 몰랐더라면 당신하고 언쟁을 벌였을지도 몰라. 아니면 이런 때 많은 여자가 그렇듯이 당신도 자신을 기만하는 거야? 당신이 그런 척하는 걸 실제로는 믿지 않는 거 아니야? 그래서 짐짓 꾸민 것 같은 신념에서 생겨난 감정의 사치에 빠진 것 아니야?"

"사치라니요! 어떻게 그렇게 잔인하실 수 있나요!"

"슬픔에 잠긴 사랑스러운 당신, 당신은 내가 본 중에 전도유망한 인간의 지성이 가장 우울하게 파괴된 경우야! 세상 관습에 대한 당신의 비웃음은 어디로 사라졌어? 난 관습과 싸우다 죽을 의지도 있는데!"

"당신은 날 짓밟고 모욕하는군요. 주드 오빠! 돌아가세요!" 그녀는 재빨리 몸을 돌렸다.

"가리다. 다시는 오지 않을 거야. 설령 올 힘이 있다 하더라도 말이야. 이젠 더는 올 힘도 없어지겠지만. 수, 수, 당신은 남자의 사랑을 받을 가치가 없어."

그녀의 가슴이 아래위로 들썩이기 시작했다. "당신이 그런 말 하는 거 견딜 수가 없어요!" 그녀가 갑자기 소리쳤고 그에게 눈길을 잠시 두었다가 충동적으로 다시 돌아섰다. "날, 날 비웃지 마세요! 키스해 주세요. 아, 키스해 줘요. 몇 번이고 키스해 줘요! 그리고 내가 비겁한 사람도 비열한 사기꾼도 아니라고 말해줘요. 그런 말은 참을 수가 없어요!" 그녀는 그에게 달려와 그의 입술에 자신의 입술을 대고선 말을 계속했다. "내 사랑, 당신한테 사실을 말해줘야만 해요. 말해야 해요. 그건 오로지 교회에서 올린 결혼식이었어요. 표면상의 결혼식이요. 그 사람이 애초에 그걸 제안했어요."

"어떻게?"

"명목상의 결혼일 따름이라고요. 그분에게 돌아가고서 명목상 결혼 이상의 일은 전혀 없었어요!"

"수!" 그가 불렀다. 그는 그녀를 팔에 꼭 안고서 그녀의 입술에 멍이 들 정도로 키스를 퍼부었다.

"비참한 상태에서도 행복을 맛볼 수 있다면 지금 이 순간일 거야. 자, 당신이 성스럽게 여기는 신의 이름을 걸고 내게 진실을 말해줘. 거짓말하지 말고. 날 아직도 사랑하오?"

"네, 사랑해요. 당신이 너무도 잘 알고 있잖아요! 그렇지만 난 이러면 안 돼요! 하고 싶지만, 당신 키스에 응답하면 안 되는 거예요."

"그래도, 키스해 줘."

"당신은 너무 사랑스러워요. 그런데 너무 아파 보여요."

"당신도 그래 보여! 우리 죽은 자식들, 당신과 내 아이들을 추억하는 의미로, 한 번 더!"

이 말이 그녀에게 일격을 가한 것처럼 충격을 주었다.

그녀는 고개를 숙였다. "이런 짓을 계속해선 안 돼요. 이런 식으로 갈 순 없어요." 그녀는 금세 숨을 헐떡였다. "그렇지만 봐요, 봐요, 여보, 당신 키스에 응답하고 있잖아요. 그래요! 키스해요…! 난 내가 저지른 죄 때문에 내내 자신을 미워하게 될 거예요!"

"아니야. 내 마지막으로 간청하리다. 이 말 좀 들어봐! 우린 둘 다 제정신을 잃고 재혼했어. 난 술에 취해서 그랬고, 당신도 마찬가지야. 난 진에 취했고 당신은 교리에 취했던 거지. 그렇게 취한 상태는 더 고귀한 비전을 잃게 하지. 우리 실수를 털어버리고 같이 도망가자고!"

"안 돼요. 두 번 다시는 안 돼요! 주드 오빠, 당신은 왜 날 유혹하는 거예요. 당신은 너무 잔인해요…. 난 이제 나 자신을 극복했단 말이에요. 날 따라오지 마세요. 쳐다보지도 마세요. 제발 날 내버려둬요. 날 가엾다고 생각하고!"

그녀는 교회 동쪽으로 뛰어올라갔다. 주드는 그녀가 청한 대로 했다. 그는 고개를 돌리지도 않았고 수가 보지 못했던 담요를 집어 들고는 바깥으로 곧장 나왔다. 주드가 교회의 끝 부분을 지나갈 때 창을 때리는 빗소리와 뒤섞여서 그의 기침 소리가 그녀에게 들려왔다. 인간의 애정이라는 마지막 본능은 그녀를 얽어매는 족쇄로도 가라

앉히기 어려웠다. 그녀는 이런 마지막 본능으로 마치 그에게 뛰어가 구원의 손길이라도 내밀려는 듯 벌떡 일어섰다. 그러나 그녀는 다시 무릎을 꿇었고 주드에게서 날 법한 소리가 다 사라져 없어질 때까지 손으로 양쪽 귀를 틀어막았다.

이것은 주드와 수의 마지막 만남이다. 주드는 이 방문으로 몸이 많이 쇠약해지며 사자의 영혼들이 크라이스트민스터의 거리에서 자신을 비웃는 듯한 느낌을 받는다. 수는 에들린 부인에게 자신이 여전히 주드를 사랑하고 있다는 사실을 털어놓는다.

메리그린의 밤이었다. 오후부터 내린 비는 그칠 것 같지가 않았다. 주드가 아라벨라와 집으로 가려고 크라이스트민스터 거리를 걷고 있을 무렵, 에들린 부인은 풀밭을 가로질러서 선생 사택의 뒷문을 열고 있었다. 이는 종종 잠들기 전에 수가 살림을 정리하는 걸 돕기 위해서였다.

수는 부엌에서 갈피를 못 잡고 어찌할 바를 모르고 있었다. 그녀는 살림에 능숙한 주부는 못 되었기 때문이다. 그런 주부가 되려고 애썼지만, 집안의 자질구레한 일을 점차 못 견디기 힘들어했다.

"내가 도와주러 올 건데 왜 혼자 일을 하는 거야. 내가 오는 걸 알면서?"

(…)

"그럼 뭐가 문제인 거야?"

"말씀드릴 수 없어요. 오늘 잘못을 저질렀어요. 난 그걸 뿌리째 없애버리고 싶어요…. 저, 말씀드릴게요. 주드 오빠가 오늘 오후 여기 왔었어요. 그런데 내가 아직 그 사람을 사랑한다는 걸 알았어요. 정말 엄청나게요! 더는 말씀은 못 드리겠어요."

"아! 이렇게 될 거라고 내가 말했었잖아." 부인이 대답했다.

수는 주드에 대한 육체적 욕망을 억제하기 위해 남편에게 순종하고 남편과 함께 잠자리에 들기로 한다.

"리처드!" 그녀는 다시 불렀다.

"무슨 일이야? 수잔나, 당신이오?"

"네."

"왜 그래요? 무슨 일이오? 잠깐 기다려요." 그는 옷을 주섬주섬 걸쳐 입고선 문간으로 나왔다. "무슨 일이지?"

"우리가 새스턴에 살 때 당신이 곁에 오는 게 싫어 창밖으로 뛰어내렸었죠. 전 지금까지 그런 행동을 한 걸 한 번도 다시 만회해 보려고 하지 않았어요. 이제 당신에게, 뛰어내렸던 걸 용서해 달라고 온 거예요. 절 방 안으로 들여보내 주세요."

"당신은 이렇게 해야만 된다고 생각하고 있겠지? 일전에도 말했지만, 당신 본능에 역행하는 건 원치 않아."

"그렇지만 제발 들어가게 해주세요." 그녀는 잠시 기다리다가 반복해서 애원했다. "제발 들어가게 해주세요. 전 늘 잘못했어요. 오늘도요. 월권행위를 했어요. 당신한테 말씀드리지 않으려고 했는데 말씀드려야 할 것 같아요. 오늘 당신에게 죄를 지었어요."

"어떻게?"

"주드 오빠를 만났어요, 그 사람이 오는지 몰랐어요, 그리고…."

"그리고?"

"그 사람한테 키스했어요. 또 그 사람이 나한테 키스하게 됐어요."

수는 필롯슨에게 용서를 구하고 참회의 뜻으로 잠자리를 같이하겠다고 계속 청한다.

수가 잠옷 바람으로 그의 앞에 웅크리고 앉아 있는 동안 그는 우울하게 그녀의 야위고 연약한 몸을 좀 더 오랫동안 바라보았다. "그래, 이렇게 마무리되리라고 생각했소." 그가 곧장 말문을 열었다. "이렇듯 당신 의사를 표시했으니 난 당신에게 빚진 건 없소. 당신 말을 믿고 당신을 받아들이고 용서하리다."

그는 그녀를 안아 올리려고 그녀의 몸에 팔을 둘렀다. 수는 놀라서 흠칫하며 몸을 뒤로 뺐다. "왜 그러지? 또 날 피하려는 거요? 예전에 그랬듯이!" 그가 처음으로 엄한 목소리로 물었다.

"아니에요. 리처드… 전… 저는… 그런 생각 안 했어요."

"이 방에 정말 들어오고 싶은 거요?"

"네."

"이 방에 들어온다는 게 뭘 의미하는지 알고 있겠지?"

"네, 그건 제 의무예요."

촛대를 옷장 위에 놓고 난 후 그는 그녀를 문 안쪽으로 들어오도록 했고, 그녀의 몸을 들어 올려 키스했다. 혐오의 표정이 수의 얼굴을 빠르게 스치고 지나갔지만, 그녀는 이를 악물고서 어떤 소리도 지르지 않았다.

(…)

에들린 부인이 층계참까지 나와 보았지만 이미 수의 모습은 보이지 않았다. "아! 가엾은 것, 요즘은 결혼이 곧 장례나 마찬가지야. 55년 전 남편하고 내가 결혼한 뒤로 타락이 시작된 거야! 그 뒤로 세상 참 많이 바뀌었지!"

주드는 잠시 건강이 회복되었으나 점점 쇠약해지며 아라벨라와 살면서도 계속 수를 그리워한다.

어느 날 그는 예상치 못한 방문을 받게 되었다. 에들린 부인이 온전히 자신의 의사로 그를 찾아온 것이다. 그는 충동적으로 수가 어떻게 지내는지 안부를 물었고 수가 자신에게 해줬던 얘기를 기억해 내고 대놓고 물어보았다. "두 사람은 아직도 명목상으로만 부부겠죠?"

에들린 부인은 주저했다. "글쎄, 아니야, 지금은 사정이 달라졌지. 아주 최근에 수가 같이 잠자리에 들기 시작했지. 완전히 자기 자유의사로 말이야."

"언제 그러기 시작했지요?" 그는 급히 물었다.

"자네가 왔다간 날 밤부터야. 불쌍한 자기 자신을 징벌한다는 명목이었지. 그 애 남편은 원치 않았는데 그 애가 계속 우겼어."

"수, 나의 수, 내 사랑하는 바보. 이건 내가 참을 수 있는 한도를 넘어섰어! 에들린 할머니, 수의 지성은 한때 벤젠 램프 위를 비추는 별빛과도 같이 날 비추었어요. 제가 가진 거미줄 같은 미신들을 알아보곤 말 한마디로 다 쓸어냈죠. 그렇지만 쓰라린 고통이 우리에게 닥쳐왔고 그녀의 지성은 무너져 버리고 암흑을 향해갔죠. 참 이상한 남녀 간의 성 차이입니다. 시간과 상황에 따라 남자 대부분은 시야가 확대되는데, 거의 예외 없이 여자들은 시야가 좁아지니 말이죠. 그리고 이제 결국 공포감이 그녀를 엄습해 자기가 그렇게 혐오하던 대상에게 굴복하고 말았어요. 형식의 노예가 되어서 말이에요! 수와 저에 대해 말씀드리자면, 오래전 우리가 최상의 상태였을 때 우리 정신은 맑았고 진리에 대한 우리 사랑으로 두려움이 없었어요. 하지만 우린 시대를 앞섰던 거예요! 우리 생각들은 50년 정도 앞섰기에 우리에게 어떤 도움도 되지 못했죠. 그래서 그 생각들은 저항에 부딪혔어요. 그게 그녀에겐 반작용을 일으켰고 저에겐 무모함과 파멸을 가져다줬어요!"

이런 대화를 나누고 있는데 돌팔이 약장수 빌버트가 들르자 주드는 그를 쫓아낸다. 그러나 에들린 부인이 돌아가고 아라벨라는 아래층에서 주드 몰래 빌버트와 시시덕거리며 그를 다음 남편감으로 점찍는다. 여름이 되었고 주드는 쇠약해진다. 도시의 축제가 한창임을 알리는 종소리가 들리자 아라벨라는 몸치장을 하고 축제를 즐기러 나간다.

온화하고 구름 한 점 없이 화창해 사람들을 밖으로 나오게끔 부추기는 날씨였다…. 음악회에서 흘러나오는 힘찬 곡조가 열어둔 창을 통해 바람에 흔들리는 노란 블라인드를 지나 지붕 꼭대기로 올라갔다. 그리곤 작은 길의 고요한 대기 속으로 파고들었다. 그 음악 소리는 주드가 누워 있는 방까지 들려왔다. 이 무렵 주드는 다시 기침을 하기 시작해서 잠이 깨고 말았다.

그는 말을 할 수 있게 되자 눈을 감은 채로 중얼거렸다.

"물 좀. 제발."

빈방만이 그의 호소를 받아주고 있었으며 그는 다시 기침 때문에 녹초가 되었다. 그래서 더 힘없는 목소리로 말했다. "물… 물 좀, 수…. 아라벨라!"

방은 여전히 고요했다. 금세 그는 다시 헐떡이며 말했다. "목이 타…. 물… 수…. 내 사랑…. 물 한 모금만, 제발, 아 제발!"

그러나 한 모금의 물도 가져다주는 이가 없었고, 벌이 윙윙거리는 소리처럼 희미하게 오르간 소리가 아까처럼 흘러들어왔다.

그가 이렇게 있는 동안 얼굴색은 점차 변해갔고 어딘가 강 쪽 방향에서 사람들의 환호 소리와 만세 소리가 들려왔다.

"아, 그렇지! '기념일' 경기구먼." 그가 중얼거렸다. "그런데 난 여기 이런 꼴로 있고, 수는 더럽혀지고!"

만세 소리가 반복되어 그 소리에 희미한 오르간 소리는 사라지고 말았다. 주드의 얼굴색은 더 변해갔다. 그는 열로 타들어가는 듯한 입술을 겨우 움직여서 천천히 속삭이는 소리를 냈다.

"내가 태어난 그날을 멸하게 하라. 남자 아이를 잉태하였다 하던 밤도 멸하게 하라."[26)]

(만세!)

"그날이 암흑이 되게 하라. 하나님께서 천상에서 돌보시지도 말게 하라. 빛도 그날에 비추지 말게 하라. 보라, 그 밤을 적막케 하라. 어떤 기쁨의 소리도 나지 않게 하라."

(만세!)

"어찌하여 나는 태에서 죽어 나오지 못했던가? 어찌하

26) 성경 〈욥기〉 3장 3절 : "내가 태어나던 날이 차라리 사라져 버렸더라면, 남자아이를 배었다고 좋아하던 그 밤도 망해버렸더라면."

여 어미에게서 나올 적에 숨지지 아니하였던가? 그러면 이제 내가 평안히 누워 쉬고 있었으리라!"

(만세!)

"거기서는 갇혀 있는 자들도 함께 쉬나니. 압제자의 소리도 듣지 아니하니라…. 하찮은 자와 위대한 자 모두 거기 있나니. 하인도 주인으로부터 자유롭도다. 어찌하여 곤고한 자에게 빛을 주시고 마음이 비통한 자에게 생명을 주시는가?"

주드는 이처럼 욥기의 구절을 읊으며 축제가 한창일 때 외롭게 죽음을 맞는다. 아라벨라는 잠시 돌아와 그가 죽은 것을 발견하지만 축제의 재미를 놓칠 수 없어 다시 나간다. 그녀는 세 번째 남편감으로 점찍은 빌버트와 농탕을 치다가 집에 돌아와 장의사를 부른다.

이틀 뒤 주드가 죽은 날과 마찬가지로 하늘은 여전히 구름 한 점 없고 대기는 고요했다. 두 사람이 주드가 있던 작은 침실에서 주드의 열린 관 옆에 서 있었다. 한쪽에는 아라벨라가 다른 한쪽에는 에들린 부인이 서 있었다. 그들은 주드의 얼굴을 바라보고 있었으며 에들린 부인의 노쇠한 눈꺼풀은 붉어져 있었다.

"정말 잘생겼어!" 에들린 부인이 말했다.

"그래요. 참 잘생긴 시신이에요." 아라벨라가 말했다.

방 안의 통풍을 위해 창은 여전히 열어두었다. 정오 무렵이 되었기에 바깥의 청명한 공기는 미동도 없이 고요했다. 말소리들이 멀리서 들려왔고 사람들의 발걸음 소리도 뚜렷이 들려왔다.

"무슨 소리지?" 노파가 중얼거렸다.

"아, 저건 대극장에서 햄턴셔 공작이나 그런 유명 인사들한테 박사님들이 명예학위를 수여하는 소리죠. 아시다시피 지금 대학기념일 주간이잖아요. 환성 소리는 젊은 사람들이 지르는 거예요."

"아, 젊고 폐도 튼튼하겠지! 여기 관 속에 누운 가엾은 친구와 다르지."

누군가 연설을 하고 있어 때때로 띄엄띄엄 연설이 한 마디씩 대극장의 열린 창으로부터 이 조용한 구석방까지 흘러들어왔다. 이 말에 주드의 대리석 같은 얼굴이 미소를 짓는 듯했다. 한편, 그가 누운 곳 옆의 책꽂이에는 오래되어 이제는 절판된 델핀판 베르길리우스와 호라티우스가 꽂혀 있었고, 낡아서 책장 모서리가 다 접힌 그리스어 성서와 버리지 않고 둔 책들이 꽂혀 있었다. 주드가 일하는 틈틈이 꺼내 몇 분씩 읽었기에 돌가루에 닳은 책들은 흘러들어오는 함성과 연설 소리에 창백하고 병약한 색조를 띠는 것처럼 보였다. 종소리가 즐겁게 울려 퍼졌고 종소리의 여운이 침실 주변을 맴돌았다.

아라벨라의 시선은 주드에서 에들린 부인에게로 향했다. "그 여자가 올 거라고 생각하세요?" 그녀가 물었다.

"오지 않을 거야. 다시는 주드를 보지 않겠다고 맹세했거든."

"그 여잔 어때요?"

"지치고 비참한 상태지, 가엾은 것. 네가 마지막으로 갤 봤을 때보다 훨씬 더 나이 들어 보이지. 지금은 엄숙하고 수척한 여자가 되어버렸어. 남편이 문제야. 지금도 남편을 못 견디겠다는 거야!"

"주드가 살아서 그녀를 만나본다면 아마 더는 사랑하지 않을 것 같네요."

"그건 우리가 알 수 없지. 주드가 그렇게 이상하게 그녀를 만나러 온 뒤에 너한테 그 여자를 불러달라고 부탁하지 않았어?"

"아뇨. 정반대였어요. 제가 불러다 주겠다고 했더니 자기가 얼마나 아픈지 절대 알리지 말아달라고 하더군요."

"주드는 수를 용서했어?"

"제가 알기엔 그렇지 않은 것 같아요."

“그래…. 가엾은 수는 용서를 딴 데서 찾은 걸로 알고 있으니! 자기가 평화를 찾았다고 말했어!”

“목이 쉴 때까지 자기 목걸이에 매달린 십자가에 무릎 꿇고 맹세할 순 있겠죠. 그렇지만 그건 진실이 아니에요!” 아라벨라가 말했다. “그 여자는 주드의 품을 떠난 뒤 결코 평화를 찾지 못했어요. 그리고 지금 저이같이 되기 전까진 절대 평화를 찾지 못할 거예요!”

해설

영국 소설가 토머스 하디(Thomas Hardy)의 《무명의 주드(Jude the Obscure)》는 1895년에 출판되었으며 하디의 마지막 소설이다. 이 소설을 읽던 한 주교는 사악한 책이라고 생각해서 책을 벽난로 속으로 집어 던졌고, 영국의 도서관에서 금서로 지정되었다. 이러한 사실들로 미루어 이 소설이 당시에는 매우 파격적이었다는 것을 알 수 있다. 하디는 자신의 이전 소설들에서 전개했던 사회 비판적 주제들을 이 소설에 집약적으로 담는다. 그는 결혼, 성, 사랑, 교육, 종교 등 중요 문제들을 집중적으로 다룬다. 즉, 사촌 사이인 주드와 수의 사랑이 과연 잘못된 것일까, 사랑하는 사람끼리 결혼하지 않고 동거하는 것이 그토록 잘못된 것일까, 주드 같은 노동자가 품은 대학에 대한 꿈은 이루어질 수 없는 허상에 불과한 것일까, 보통 사람들에게 종교의 의미는 무엇일까 등의 물음을 던지고 있다.

소설의 서두에서 하디는 '대학은 무엇인가? 과연 대학은 척박한 현실에서 주드를 구해줄 이상향인가?'라고 독자에게 묻는다. 주드가 동경하던 크라이스트민스터는 실제 지명인 옥스퍼드를 하디가 가상으로 재구성한 것이다. 크라이스트민스터에서 겪게 되는 대학의 실상은 그가 꿈꾸던 것과는 너무나 다른 것이었다. 그곳에는 두 개의 전혀 다른 도시가 존재하는데, 대학 담장 안의 학자들과 성직자들의 도시와, 대학 담장 밖의 무지한 보통 사람들로 구성된 도시다. 이는 대학 문이 노동 계급 사람들에게는 닫혀 있음을 의미한다. 주드가 대학 입학을 거절당하고 좌절하는 장면을 통해 하디는 대학의 배타성을 비판한다.

또한, 하디는 독자에게 '과연 결혼 제도가 바람직한 것인가, 불행한 결혼이 유지될 필요가 있는가?'라고 묻는다. 아라벨라와 주드의 불행한 결혼 생활, 필롯슨과 수의 불행한 결혼 생활, 주드 가문의 불행한 결혼 일화들을 통해 독자는 결혼 제도에 회의를 품게 된다. 사랑하는 사람끼리 제도에 얽매이지 않고 자유로이 함께 살면 행복하지 않을까 하는 하디의 생각을 주드와 수의 동거를 통해 엿볼 수 있다. 특히 수는 당대 신여성의 면모를 보여준다. 그녀는 자아 성취와 독립적인 삶을 추구하며 결혼의 틀을 거부한다. 수가 추구하는 삶의 형태는 기존의 결혼과 가족 개념을 수정해야 하는 급진적인 것으로, 수는 당대의 성 이데올로기나 관습뿐만 아니라 성관계까지 거부할 권리를 주장한다. 이러한 수를 불감증 환자로 보는 비평가들도 있지만 모든 가치관이 과도기적 성격을 지녔던 당시의 세태를 고려해서 읽어야 할 것이다.

작품 전체를 통해 하디는 '관습을 넘어서는 삶은 이처럼 성취되기 어려운 것일까?'라는 질문을 독자에게 던진다. 작품 속 인물들의 삶에서 관습과 제도의 압력은 벗어나기 어려운 것으로, 주드와 수에게 가해지는 시련은 가혹하다. 일단 결혼이라는 사회 관습을 거부한 이들에게는 일자리가 주어지지 않으며 특히 교회와 관련된 일자리는 불경하다는 이유로 거절당한다. 하디는 이런 일화를 통해 종교의 진정한 의미나 역할이 무엇인가를 생각하게 한다. 한군데 뿌리내리지 못하고 이리저리 떠도는 이들의 모습은, 현실의 삶에서 이들이 얼마나 수용되기 어려운가를 보여준다. 하디는 주드와 수가 떠도는 고장에서 이들처럼 예민하고 선진적인 사람들이 관습의 압력을 견디지 못하고 죽거나 다시 관습의 틀로 돌아가는 비극을 마치 영화 장면처럼 담아낸다. 하디는 이들의 성격을 아주 섬세하게 제시하면서 이러한 비극을 가져온 사회 제도나 관습의 부당함을 강력하게 비판한다.

이 소설에서 볼 수 있는 극도의 음울한 장면, 즉 주드의 아들 '꼬마 영감'의 동반 자살 사건 등의 장면은 전반적으로 비극적 분위기를 자아낸다. 소설의 마지막 장면도 무척 비극적이다. 학문도 목사의 꿈도 포기한 주드는 수마저 떠나보내고, 수도 불행한 결혼의 틀로 돌아간다. 수는 사랑하지 않는 남편에게 돌아가고, 주드는 아라벨라에게 돌아가는 결말은 어쩐지 자연스럽지 못하다. 소설 전체에서 신이나 자연은 주인공들에게 위안을 주거나 힘을 주지 못한다. 자연은 인간의 섬세한 감정을 비웃고 인간의 열망에는 아무런 관심도 없는 존재로 묘사된다.

그러나 하디는 인간이 지닌 섬세한 감정이나 열망 자체에 높은 가치를 부여하며, 결국 주드는 모든 것에 실패했지만, 마지막까지 자신의 감정에 충실했다는 점을 강조한다. 하디는 주인공들의 비극적 결말 이면에, 불합리한 제도와 관습을 넘어서려는 그들의 치열하고 감동적인 삶이 있었음을 보여준다. 메리그린에서 크라이스트민스터, 멜체스터, 올드브리컴으로 이어지는 주드와 수의 여정은 그들의 사랑과 꿈의 성취를 위한 여정으로 볼 수 있으며 이는 그 자체만으로 값진 것이다. 또한, 당시에는 파격적인 관점에서 성, 결혼, 사회 관습을 복합적으로 조망한 하디의 뛰어난 필력에 감탄하지 않을 수 없다. 19세기 말의 영국소설이지만 《무명의 주드》는 21세기 우리 사회의 여러 문제와 이어지는 현실성을 지닌 놀라운 작품이다.

옮긴이가 번역에 사용한 텍스트는 1978년 출간된 《Jude the Obscure》(Norton Critical Edition)이다. 이 소설은 주인공들의 행로에 따라 6부로 나뉜다. 이 책은 원전의 6부 모두에서 발췌했으며, 각 부의 줄거리 전개나 주제를 고려해서 중요 부분들을 발췌했다. 생략된 부분은 요약문으로 실어서 전체 이야기를 이해하는 데 무리가 없도록 구성했다. 하디의 문체는 여러 계층의 언어가 혼재되어 있을 뿐만 아니라 그리스 고전 및 성경, 당시 사상가, 문인들의 다양한 흔적들을 담고 있다. 하디의 이러한 특성을 살려서 번역하도록 노력했고 이러한 부분들은 각주를 달아서 원문의 이해에 도움이 되도록 했다.

주드와 수의 대화가 반복적으로 지속되면서 수의 선진적인 면모가 강조되는 부분들은 대표적인 대화들을 선별했다. 주드와 수가 동거를 시작한 뒤부터는 부부 사이의 자연스러운 호칭과 대화를 살려서 번역했다. 주드가 독학하는 과정이나 목사가 되기 위해 준비하는 과정, 도안사나 교사로서 수가 겪은 일화들, 아라벨라가 주드를 되찾는 과정은 생략해도 작품의 진수를 이해하는 데 크게 무리가 없다고 보아 제외했다. 이 책이 토머스 하디의 작품을 즐겁게 감상하고 우리 시대의 문제들을 다시금 생각해 보는 데 하나의 지침이 되길 바란다.

지은이에 대해

토머스 하디는《테스》와《귀향》으로 유명한 영국의 소설가이자 시인, 극작가다. 그는 1840년 6월 2일 도체스터 근방 하이어보켐턴에서 석공인 아버지와 독서를 좋아하는 어머니 사이에서 태어났다. 그의 작품들은 대부분 영국 남부의 웨섹스 지역을 배경으로 하는데 이는 그의 고향 도체스터를 모델로 한 것이다. 당시 도체스터는 농촌지구의 상업 중심지 역할을 하긴 했으나 다소 외진 곳으로, 하디의 어린 시절에는 철도도 들어오지 않았다. 따라서 농촌 풍경, 농촌 사람들의 미신이나 풍습을 쉽게 접할 수 있었던 경험은 훗날 그가 소설을 쓰는 데 귀중한 자료가 되었다.

어린 시절의 하디는 내성적이고 몸이 약했다. 하디는 마틴 부인의 학교에 입학했다가 1년 후 도체스터에 있는 학교로 옮겨 그리스어와 라틴어를 배웠다. 하디가 학교에서 받은 공식 교육은 약 8년 동안의 이 기간이 전부다. 하디는 16세에 도체스터의 건축사무소에 수습공으로 들어가 건축을 배우기 시작했다. 이때부터 16년간 지속했던 건축 일은 소설 쓰기와 함께 그의 중요한 경력이 되었다. 1867년 후반에 첫 소설인 《가난뱅이와 귀부인》을 썼으며 이 무렵 근처에 살던 그보다 열한 살이나 어린 사촌 트리피나 스파크스와 사랑에 빠졌다. 하디는 그녀와 약혼했으나 곧 파혼했다. 그러나 그의 시에서 그녀를 '잃어버린 보물'로 표현할 만큼 그녀를 깊이 사랑한 것으로 보인다.

하디는 1870년 봄, 교회 건물의 복원 작업 문제로 콘월의 세인트 줄리엇으로 파견되는데, 그곳 목사관에서 에마 기퍼드를 만난다. 하디는 활발한 성격에 문학적 열정이 대단하고 그의 창작에 관심을 보인 에마에게 강하게 끌렸다. 그는 본격적인 창작 활동의 시작해서 《광란의 무리를 떠나》를 통해 점차 국내외적으로 알려지기 시작할 무렵인 1874년에 에마와 결혼했다. 결혼 후 그는 왕성한 창작 활동을 했고, 도체스터 근방 대지를 사서 맥스게이트 저택을 지어 입주한다. 하디는 이 저택에서 대표작 《테스》와 《무명의 주드》를 집필했다.

1893년, 하디 부부는 더블린을 여행하다가 우연히 하디와 단편 소설 집필을 함께했던 작가 플로렌스 헤니커를 만난다. 하디의 시편들에서 짐작할 수 있듯이 그는 그녀에게 상당한 애정을 품게 된다. 당시 하디는 결혼 생활로 인한 고통을 감내하고 있었다. 아내 에마는 하디의 글쓰기에 많은 도움도 주었지만 에마는 변호사의 딸로서 자신이 하디보다 우월한 계급 출신이라는 생각을 버리지 못했고, 이러한 신분의 차이는 결국 그들의 불행한 결혼 생활의 원인이 되었다. 이혼을 쉽게 허용하지 않던 경직된 당대의 사회 현실 속에서, 순탄치 않았던 결혼 생활은《숲의 사람들》,《무명의 주드》에서 심도 있게 형상화된다. 특히 하디의《무명의 주드》는 사촌 간의 사랑을 다룬 것 때문에 파격적이고 급진적인 소설로 많은 비판을 받았는데, 하디는 이 작품을 끝으로 소설 쓰기를 그만두고 시와 극작에 전념했다.

하디의 말년 30년간은 영예로운 일들이 많았다. 1910년에 국왕으로부터 공로 대훈장을 받았고, 1920년과 1925년에 각각 케임브리지대학과 옥스퍼드대학으로부터 명예 문학박사 학위를, 애버딘 · 브리스틀대학 등에서도 명예 학위를 받았다. 자신의 저택 맥스게이트에서 많은 유명 인사들을 접견하기도 한 하디는, 1925년에는 황태자의 방문까지 받는 영예를 누렸다. 1912년에 아내 에마가 먼저 세상을 떠나자 하디는 큰 충격을 받았다. 비록 불행한 결혼 생활이었지만 아내의 갑작스러운 죽음으로 상심한 그는 아내를 처음 만난 세인트 줄리엇으로 참회의 순례 여행을 떠나기도 했다.

1914년 2월, 74세의 하디는 자신의 비서인 플로렌스 덕데일과 재혼한다. 그녀는 후에 《토머스 하디 전기》를 집필한다. 그녀는 하디의 문학적 명성을 자랑스러워했고 그를 편안하게 해주려고 노력했으나 이 두 번째 결혼도 크게 행복한 편은 아니었다. 노년에 들어서도 하디는 시작(詩作) 활동을 계속했지만, 87세가 되던 해의 겨울 갑자기 건강이 악화되었다. 1928년 1월 11일, 하디는 플로렌스에게 오마르 하이얌의 《루바이야트》 시편을 읽어 달라고 부탁해 이를 듣고선 밤 9시경 사망했다. 그의 장례는 국장으로 치러졌고 유해는 웨스트민스터 사원에 묻혔다. 고향에 묻히고 싶어 했던 고인의 뜻을 받들어, 심장은 도싯의 스틴스퍼드 교회에 있는 에마의 묘 옆에 매장되었다.

하디의 대표작으로는 웨섹스 소설이라 일컬어지는 《광란의 무리를 떠나》, 《귀향》, 《숲의 사람들》, 《캐스터브리지의 시장》, 《테스》, 《무명의 주드》 등이 있고, 장편 극시 〈제왕들〉 외에 많은 웨섹스 시편들이 있다. 하디의 작품들은 특정 지역, 즉 영국 남부 지역 농촌을 다루고 있어 지방색이 강하지만 결코 지역 소설에 머물지 않는다. 특히 그의 소설들은 시간을 초월하는 인간적 가치들과 당대의 핵심적 문제들을 제시하는 데 특출한 작가적 역량을 아낌없이 보여주고 있다.

옮긴이에 대해

장정희는 부산대학교 문리대 영문학과를 졸업했으며 서울대학교 대학원 영문학과에서 버지니아 울프 연구로 문학석사 학위를, 토머스 하디 연구로 문학박사 학위를 받았다. 19세기 영어권 문학회 회장을 지냈으며 한국출판학술상을 수상했고, 광운대학교 영어영문학과와 동북아문화산업학부 교수를 거쳐 현재 광운대 명예교수로 있다.

저서로는《토머스 하디, 삶과 문학 세계》,《프랑켄슈타인》,《선정소설과 여성》,《토머스 하디와 여성론 비평》(2008 문화관광부 선정 우수학술도서),《빅토리아시대 출판문화와 여성 작가》(2012 대한민국학술원 선정 우수학술도서),《SF 장르의 이해》(2016 세종우수학술도서),《19세기 영어권 여성문학론》(공저),《공포와 일탈의 상상력》(공저),《영미문학 영화로 읽기》(공저),《페미니즘과 소설 읽기》(공저),《페미니즘, 차이와 사이》(공저) 등이 있으며, 역서로는《무명의 주드》,《더버빌가의 테스》,《영국 소설사》(공역) 등이 있다.

원서발췌 무명의 주드

지은이 토머스 하디
옮긴이 장정희
펴낸이 박영률

초판 1쇄 펴낸날 2012년 10월 29일
개정1판 1쇄 펴낸날 2026년 2월 26일

지식을만드는지식
출판등록 제313-2007-000166호(2007년 8월 17일)
02880 서울시 성북구 성북로 5-11
전화 (02) 7474 001, 팩스 (02) 736 5047
commbooks@commbooks.com
commbooks.com

ISBN 979-11-430-1843-4 03850

책값은 뒤표지에 있습니다.